Coup de balai

M.C. BEATON

HAMISH MACBETH
DANS
Coup de balai

roman

Traduit de l'anglais par Sabine Porte

ALBIN MICHEL

À Bengy Wiggin,
avec toute mon affection.

1

> « Je préfère encore égorger un cochon plutôt que d'écrire une lettre. »
>
> Lord Alfred Tennyson

La lettre était posée sur le paillasson de la cuisine du poste de police de Lochdubh.

L'agent Hamish Macbeth la ramassa et la retourna. Il vit à l'adresse mentionnée au dos qu'elle était d'Elspeth Grant. Elspeth était journaliste dans un quotidien de Glasgow et à une époque, il avait envisagé de la demander en mariage, mais à force de tergiverser, il avait laissé passer l'occasion.

Il alla s'asseoir à la table de la cuisine avec la lettre. Sa chatte Sonsie le lorgna d'un œil intrigué et son chien Lugs posa le museau sur le genou de son maître, ses étranges yeux bleus fixés sur lui.

– Pourquoi m'écrit-elle ? se demanda Hamish à voix haute.

La plupart des gens communiquaient par mail et par texto, désormais, et les lettres personnelles étaient devenues des curiosités. Il l'ouvrit avec réticence. Elspeth avait le don de le culpabiliser. Elle s'était moquée de lui un jour en lui disant qu'il était marié avec sa chatte et son chien.

Cher Hamish, lut-il. *J'ai quelques jours de congé et j'ai envie de revenir à Lochdubh. Comme j'en ai les moyens, je prendrai une chambre au Tommel Castle Hotel. Connaissant ta vanité, je suis sûre que tu vas t'imaginer que je te cours après. Il n'en est rien. Je ne m'intéresse ni à toi ni à ta ménagerie.*

Si je t'écris, c'est seulement pour que les choses soient claires.

Cordialement,

Elspeth.

– Franchement, je ne vois pas l'intérêt de m'écrire ça, maugréa Hamish avec l'accent chuintant qui trahissait toujours son agacement, tout en grattant sa tignasse flamboyante. Elle n'a qu'à m'éviter, ça m'arrange.

Mais il était blessé et se sentait coupable. Il s'était mal conduit avec elle, soufflant le chaud et le froid jusqu'au jour où il l'avait définitivement réfrigérée quand il avait appris que son ex-fiancée, Priscilla Halburton-Smythe, revenait travailler au Tommel Castle Hotel – les parents de la jeune femme en étaient les propriétaires. Il n'avait jamais pu se défaire de son attirance pour Priscilla. Mais Priscilla était revenue, l'avait vu à quelques reprises et s'en était retournée à Londres un mois plus tard. Il froissa la lettre et la jeta sur la table quand on frappa à la porte.

Il alla ouvrir et tomba sur la silhouette trapue de Mrs Mavis Gillespie. Mrs Gillespie était sa bonne, bien qu'en ces temps politiquement corrects il soit d'usage de parler de sa « femme de ménage ». Elle avait la réputation d'être une véritable perle. Hamish songea avec embarras qu'il avait gagné ses services comme lot d'une tombola paroissiale.

Elle passa devant lui d'un air affairé, entra dans la cuisine et enleva son manteau. Mrs Gillespie était une petite dame ronde d'une cinquantaine d'années avec un casque de bouclettes grises permanentées, des joues rubicondes et une longue bouche pincée. Elle était chargée d'un seau et d'un balai à franges à l'ancienne.

Hamish ne l'aimait pas.

– Il n'y a rien à faire, dit-il. C'est assez propre comme ça.

– Et puis quoi encore ! s'indigna-t-elle en parcourant la pièce d'un œil noir. Il faut un bon coup de ménage, et vous imaginez ce que dirait Mrs Wellington ?

Mrs Wellington était la redoutable épouse du pasteur.

– Bon, d'accord, dit Hamish. Je vais aller faire un tour.

– Et prenez vos bestioles avec vous, lança-t-elle

dans son dos alors qu'il battait en retraite. Elles me fichent la frousse.

– Ah, les femmes..., maugréa Hamish en longeant les quais, Sonsie et Lugs sur les talons.

Mrs Gillespie s'obstinait à s'armer de son seau et son balai à franges alors qu'il y en avait probablement dans toutes les maisons où elle travaillait. Un jour, il était passé chez Mrs Wellington alors que Mrs Gillespie faisait le ménage et il avait frémi en entendant le fracas du seau qui heurtait les meubles et du balai à franges qui arrachait les câbles à l'arrière de la télévision.

Comment l'intraitable Mrs Wellington pouvait-elle tolérer cette conduite ? Enfin, lui-même avait fait preuve d'une certaine lâcheté, se rappela-t-il.

Il savait que Mrs Gillespie était une véritable concierge. Dans le nord de l'Écosse, les commérages étaient un sport national, mais Mrs Gillespie avait toujours été une langue de vipère. Elle ne perdait jamais une occasion de dire du mal des gens.

Il faillit faire demi-tour pour lui demander de déguerpir, cependant en contemplant le loch maritime et la forêt sur la rive d'en face, il fut envahi par une douce quiétude. Il regarda les mouettes qui se chamaillaient sur le port. Derrière lui, la fumée des feux de tourbe s'élevait paresseusement des cheminées des petits cottages blancs qui bordaient le quai. Lugs était couché sur ses chaussures et Sonsie collée à son pantalon d'uniforme.

Ce qu'il y avait de bien, songeait rêveusement Hamish, c'est que la tranquillité de Lochdubh faisait l'effet d'un baume. La culpabilité mêlée d'anxiété qu'avait fait naître en lui la lettre d'Elspeth s'évanouit. Quant à Mrs Gillespie, autant la laisser faire. Il n'y avait pas grand-chose à casser au poste de police.

C'était l'automne dans les Highlands et les sorbiers étaient chargés de baies écarlates. Les gens du coin continuaient à planter des sorbiers devant chez eux pour éloigner les sorcières et les lutins. Les baies annonçaient que l'hiver serait rude, disaient-ils, et comme ils le répétaient chaque année, il leur arrivait de taper juste.

Un soleil pâle scintillait sur les eaux du loch. Un phoque pointa le museau hors de l'eau et passa nonchalamment à quelques mètres de lui.

Hamish eut soudain une fringale. Il décida d'embarquer Lugs et Sonsie dans la Land Rover et de monter au Tommel Castle Hotel histoire de grappiller un sandwich dans les cuisines.

Mr Johnson, le directeur de l'hôtel, vint à sa rencontre dans le hall.

– Qu'est-ce qui vous amène ? Il n'y a plus de meurtres, ici, à part ceux des week-ends organisés où les participants se prennent pour Hercule Poirot.

Ne voulant pas lui avouer d'emblée qu'il était venu se chercher à manger, Hamish lui demanda des nouvelles de Priscilla.

– Toujours à Londres, lui dit Mr Johnson en

observant d'un œil soupçonneux la haute silhouette dégingandée du rouquin. Vous voulez un café, je suppose ?

– *Aye*, je veux bien, et un petit quelque chose avec.

– Un whisky ?

– Un sandwich.

– Vous êtes venu manger à l'œil ? demanda aussitôt le directeur.

– Je me suis fait virer du poste, dit Hamish. J'ai hérité de la Gillespie à une tombola.

– Aïe. Et vous ne pouvez pas vous en débarrasser ?

– J'ai la trouille, marmonna Hamish la bouche pleine.

– Le problème, c'est que personne ne veut plus faire des ménages. Maintenant que le grand supermarché de Strathbane a ouvert, elles préfèrent travailler là-bas. Le personnel d'ici a changé. La plupart des femmes de chambre viennent d'Europe de l'Est. Cela dit, elles sont très bien. Sauf qu'elles ont des noms à coucher dehors. Il n'y a que des consonnes.

– Et la Gillespie travaille chez qui en ce moment ?

– Voyons voir, il y a le vieux professeur Sander, à Braikie. Toujours à Braikie, Mrs Fleming et Mrs Styles, ici, Mrs Wellington et une certaine Mrs Barret-Wilkinson à Styre.

Styre était un village au sud de Lochdubh.

– Ça fait un bail que je ne suis pas allé à Styre, observa Hamish.

– Comment ça se fait ? C'est dans votre secteur, pourtant.

– Oui, c'est à croire qu'on m'a collé tout le Sutherland. De toute façon, il n'y a pas de criminalité à Styre.

– Au fait, dit le directeur en le regardant d'un œil malicieux. On a une réservation pour Miss Grant.

Hamish feignit l'indifférence mais sa tranquillité d'esprit s'évapora aussitôt.

– Elle doit gagner une petite fortune pour prendre une chambre ici, dit-il.

Le Tommel Castle Hotel était autrefois la demeure du colonel Halburton-Smythe, qui l'avait transformée en hôtel à la suite de sérieux revers, suivant en cela la suggestion d'Hamish, bien qu'il continuât à prétendre qu'il avait eu tout seul cette idée de génie. L'hôtel était un de ces châteaux pseudo-gothiques construits au dix-neuvième siècle, à l'époque où la reine Victoria avait lancé la mode des villégiatures en Écosse.

– Ça ne vous dérange pas qu'elle vienne ? demanda Mr Johnson.

– Pas le moins du monde, mentit Hamish. Bon, je dois y aller. Merci pour les sandwichs.

Il traîna dans le village jusqu'à ce qu'il voie Mrs Gillespie partir au volant de sa vieille Ford cabossée. Une fumée noire sortait du pot d'échappement. Hamish se mit en travers de la rue, la main levée.

Elle freina dans un crissement de pneus et baissa la vitre.

– Qu'est-ce qu'il y a ?

– Votre pot d'échappement est encrassé. Il faut l'amener au garage tout de suite pour régler ça, sinon vous m'obligerez à vous mettre une amende.

En guise de réponse, elle embraya et appuya sur l'accélérateur. Hamish fit un bond en arrière, évitant de justesse la voiture qui repartit en trombe.

De retour au poste de police, il regarda autour de lui d'un œil sombre. À en juger par la mare qui luisait dans la cuisine, le sol n'avait pas été épongé. Ça empestait le désinfectant. Puis il jeta un œil sur la table. La lettre d'Elspeth qu'il avait laissée là, roulée en boule, avait disparu.

Il fouilla la poubelle mais elle avait été vidée. Mrs Gillespie avait la réputation d'être une fouineuse.

Il irait l'interroger le lendemain chez elle, à Braikie. À tous les coups, elle prétendrait que ce n'était qu'un bout de papier froissé et qu'elle s'était contentée de faire du rangement, mais ils avaient tous fait preuve de lâcheté, lui comme les autres, ça avait assez duré.

Puis il étouffa un juron. Il avait oublié de fermer à clé le poste de police. Il entra. Les câbles avaient été retirés de l'ordinateur. Il les rebrancha puis jeta un coup d'œil dans le local et fut soulagé de constater qu'il avait au moins verrouillé le classeur.

Il retourna dans la cuisine, sortit son propre balai à franges et épongea le sol. Cette besogne le détendit et il mesura sa chance. Malgré toutes les fermetures de postes de police aux quatre coins du pays, il avait tenu bon.

Mais dans un pub de Strathbane, l'inspecteur-chef Blair cherchait une fois de plus un moyen de déloger Hamish de son poste de Lochdubh pour le plonger dans l'anonymat du commissariat central où il ne serait plus qu'un flic comme les autres. Tout en sirotant son premier double scotch de la journée, il rêvait de le muter à la circulation.

– Une vodka tonic, lança une voix joviale à côté de lui.

Un client s'était mis au bar. Blair le regarda en coin. Ses cheveux gris étaient clairsemés sur le dessus et attachés en queue-de-cheval. Il avait le visage mince, des lunettes à monture noire et une courte barbe. Il était en jean et veste de travail bleue, mais portait une chemise et une cravate.

– Vous êtes de la chaîne de télé ? lui demanda Blair.

– *Aye*. Vous êtes ?

Blair lui tendit une grosse main tavelée.

– Inspecteur-chef Blair.

– Enchanté. Phil McTavish, responsable des documentaires.

Le cerveau gorgé de whisky de Blair turbina à toute vitesse. Par le passé, Hamish avait toujours refusé toute promotion, sachant que cela l'obligerait à s'installer à Strathbane. Mais que se passerait-il s'il faisait l'objet d'un documentaire élogieux ? Les gros bonnets seraient bien forcés d'agir, d'autant qu'il les soupçonnait de faire la fête chaque fois qu'une fermeture de poste de police dans un village venait remplir leurs caisses.

– Ça tombe bien, dit Blair en le gratifiant de son sourire le plus mielleux. J'ai justement une idée de sujet formidable.

Le lendemain, Hamish dut repousser sa visite à Braikie. Il avait été convoqué par son supérieur, le commissaire Peter Daviot.

Le temps s'accordait à son humeur. Après une embellie, il avait commencé à pleuvioter et des spectres de brume glissaient sur les flancs des montagnes.

Le port de pêche de Strathbane, autrefois prospère, avait vu son activité anéantie par les quotas imposés par l'Union européenne. Dans le cadre d'un projet de revitalisation des Highlands, de nouvelles entreprises avaient été créées mais elles avaient été précédées par l'arrivée de la drogue, et la ville n'était plus qu'une zone sinistrée peuplée d'usines en déliquescence, de tours vandalisées et d'une jeunesse dangereuse et violente.

Le moral en berne, Hamish se gara devant le commissariat central et monta dans le bureau de Daviot, où Helen, la secrétaire, qui le détestait, lui sourit froidement et lui dit d'entrer.

Daviot n'était pas seul. Il y avait deux autres personnes avec lui : un homme d'une cinquantaine d'années avec une queue-de-cheval et une fille menue à l'air enthousiaste.

– Ah, Hamish, lança Daviot. Je vous présente Mr Phil McTavish, responsable des émissions documentaires de Strathbane Television.

Hamish lui serra la main puis se tourna vers la fille, l'air interrogateur.

– Et voici Shona Fraser, qui est documentaliste et travaille avec lui.

Shona était blanche mais elle avait des dreadlocks. De grands yeux marron lui mangeaient le visage. Elle portait une veste en jean, un tee-shirt noir délavé, un jean déchiré au genou et des grosses boots.

– L'inspecteur-chef Blair a dit à Mr McTavish qu'avec votre personnalité atypique et vos exploits, vous feriez un excellent sujet de documentaire. Miss Fraser vous accompagnera pour prendre des notes, puis remettra son compte rendu à Mr McTavish.

Les cheveux blancs taillés à la perfection, le costume admirablement bien coupé, Daviot leur adressa son plus beau sourire.

Shona observa le grand policier d'un air intrigué. Il était parfaitement immobile, la casquette sous le bras. On aurait dit qu'il était en transe.

En réalité, Hamish se disait : Je parie que cet enfoiré espère me rendre célèbre pour qu'ils se croient obligés de me donner une promotion et de me virer de Lochdubh. Et il savait qu'il était inutile de protester.

Il se ressaisit et sourit.

– Je pourrais peut-être inviter Mr McTavish et Miss Fraser au pub pour en parler.

– Bonne idée, répondit Daviot. Vous mettrez ça sur vos frais.

Une fois qu'ils furent installés devant un verre, Hamish déclara d'un ton solennel :

– Vous faites erreur.

– Comment ça ? demanda Phil.

– Voyez-vous, Blair est bien trop modeste. Je vais vous dire, moi, ce qu'il en est, déclara Hamish avant de se lancer dans le récit de célèbres affaires criminelles qu'il avait lui-même résolues tout en laissant Blair récolter les lauriers. Je ne suis qu'un simple policier municipal, conclut-il. Ça n'a pas grand intérêt pour vous. Mais Blair, lui, vous emmènera dans les bas-fonds de Strathbane. Vous serez au cœur de l'action, vous assisterez à des raids anti-drogue, des scènes de violence.

Phil McTavish et Shona Fraser avaient les yeux

pleins d'excitation des naïfs qui n'ont jamais été exposés à la noirceur du monde.

Elspeth Grant déjeunait avec Luke Teviot, un de ses confrères. Elle le trouvait séduisant. Il cultivait une certaine désinvolture, bien qu'il soit bon journaliste. Il était très grand, avec de beaux cheveux blonds et un visage marqué par les excès.

– Alors, tu pars en vacances ? lui demanda Luke. Où ça ?

– Je retourne à Lochdubh.

– Tu en as tiré un bon papier, la dernière fois.

– Normalement, c'est un coin peinard, il n'y a pas plus tranquille. C'est exactement ce qu'il me faut.

– Je ne suis jamais allé dans les Highlands.

– Quoi ! Mais tu es écossais, pourtant, tu viens de Glasgow.

– Tu vois ce que je veux dire, Elspeth. Je parle des vrais Highlands. Le plus loin que je suis allé, c'est à Glencoe, pour un reportage sur des gens qui s'étaient retrouvés coincés là-bas en plein hiver. Je n'ai jamais dépassé Perth. Dès que j'ai des vacances, je file vers le sud. J'ai des congés à prendre. Je peux venir avec toi ?

– Sérieux ?

– Absolument.

– Mais pourquoi ? On n'est pas ensemble.

– Ce n'est pas une obligation. Je déteste partir en vacances tout seul.

– Tu n'as jamais été marié ?

– Si, deux fois. Ça n'a pas marché. Remarque, j'ai eu de la chance. Elles étaient toutes les deux bourrées aux as et tellement soulagées d'être débarrassées de moi qu'elles ne m'ont pas demandé un penny.

– Et pourquoi elles étaient soulagées d'être débarrassées de toi ?

– Tu sais comment c'est, la vie de reporter. Je n'étais jamais là. Allez, on y va ensemble. Ça serait marrant. Ça me ferait du bien de m'aérer les poumons au grand air.

– Tu en es à combien de cigarettes par jour ?

– Soixante.

– Tu peux très bien arrêter de fumer sans bouger de Glasgow et te décrasser les poumons comme ça.

– Réfléchis. La route est longue, ça te ferait de la compagnie.

Elspeth pensa à Hamish. Elle ne serait pas mécontente d'arriver avec Luke, histoire de bien lui faire comprendre qu'elle se fichait de lui.

– OK, dit-elle. C'est bon.

Le lendemain matin, Hamish partit pour Braikie. La ville était loin d'être sa préférée, mais c'était mille fois mieux que Strathbane et bien plus petit. Le gratin local l'appelait « le village ». Elle possédait de belles demeures victoriennes au nord, un lotissement déprimant de pavillons gris tous identiques au sud et une rue principale bordée de petits magasins sombres avec des appartements au-dessus, qui s'étendait de part et d'autre de la mairie et de la bibliothèque. Quelques audacieux habitaient sur la route côtière, dans des maisons de plain-pied qui donnaient sur l'Atlantique. On devait fréquemment leur porter secours pendant les tempêtes de novembre, quand de gigantesques vagues venaient s'engouffrer chez eux. La ville même, en revanche, était blottie dans les terres, éloignée du spectacle et du bruit de la mer par une succession de champs détrempés.

Mrs Gillespie habitait dans le lotissement. Quand Hamish arriva chez elle, il fut surpris de constater qu'elle était propriétaire de sa maison. Cela se voyait aux baies vitrées qu'elle avait fait installer alors que les locataires de logements sociaux n'avaient pas le droit de les modifier. Même dans le nord de l'Écosse, les prix de l'immobilier avaient flambé et il se demandait comment elle avait eu les moyens de l'acheter.

Une fois devant sa porte, son courage faiblit, puis il se reprit. Il était grand temps que quelqu'un se charge de remettre Mrs Gillespie à sa place.

Il sonna. Un gnome en veste de laine vint lui ouvrir. Son crâne chauve était parsemé de taches de rousseur.

– Mr Gillespie ? hasarda Hamish qui avait toujours cru que Mrs Gillespie était veuve.

– *Aye*, c'est moi.

– Votre femme est là ?

– Non, elle est chez le professeur. C'est pour quoi ?

– Rien de très important. Je voulais juste lui dire un mot. Je vais passer chez le professeur.

Le professeur Sander était retraité. Il habitait une demeure victorienne du quartier chic, située au fond d'une impasse, à l'écart des voisins. Hamish vit la voiture de Mrs Gillespie garée devant, dans la rue. Il se gara également et se dirigea vers l'entrée du jardin, qui était flanquée d'un côté d'un magnifique sorbier chargé de baies rouges et de l'autre d'une vieille pompe à eau.

Il s'apprêtait à remonter la petite allée quand il se ravisa. Il avait aperçu quelque chose dans son champ de vision. Il se retourna.

Mavis Gillespie était recroquevillée au pied de la pompe. Il s'approcha d'elle, s'accroupit et tâta son pouls. Rien. Son seau et son balai à franges étaient posés à côté d'elle. Elle avait une plaie à la tête qui saignait abondamment et il remarqua une tache de sang sur le seau.

Il se releva, sortit son portable et appela le commissariat central. Puis il alla chercher des gants en latex dans la Land Rover et les enfila. Le sac de Mrs Gillespie gisait par terre à côté d'elle. Selon toute vraisemblance, elle avait été frappée alors qu'elle partait.

Il ouvrit le sac et regarda dedans. Il vit aussitôt la lettre chiffonnée d'Elspeth. Il la sortit avec précaution et la glissa dans sa poche.

Puis il attendit l'arrivée des renforts.

2

« Le seau d'en bas, plein de larmes,
c'est moi. »

William Shakespeare

Un petit monsieur maniéré descendit l'allée. Il avait une crinière blanche et portait un costume en tweed assorti d'un nœud papillon bleu à pois blancs. Il devait avoir près de quatre-vingts ans, estima Hamish. Il avait le visage joufflu et une petite bouche en cul-de-poule. On aurait dit un vieux bébé.

– Pourquoi la police est-elle là ? demanda-t-il avant de voir le corps recroquevillé au sol.

Morte, Mrs Gillespie avait rapetissé et ressemblait plus à un tas de vêtements informe qu'à celle qui était encore en vie quelques instants auparavant.

– Il y a eu un accident, apparemment, dit Hamish. Vous êtes le professeur Sander ?

– Oui, oui. C'est bien malheureux. Si vous avez besoin de moi, je serai chez moi.

Il tourna les talons.

– Attendez, le rappela Hamish. Avez-vous remarqué quelqu'un devant la maison ce matin ?

– Non, pourquoi ? Ce n'est pas comme si c'était un meurtre.

– On verra. Il y a du sang sur le seau. Elle a peut-être été frappée à la tête. Elle venait de partir ? C'était il y a combien de temps ?

– Il y a une demi-heure, environ. Franchement, je ne prête pas attention aux allées et venues des employés de maison.

– Vous ne pouviez pas ne pas entendre Mrs Gillespie. Elle faisait un boucan infernal, lui fit remarquer Hamish.

– J'écris une histoire de la campagne de Russie de Napoléon et quand j'ai la tête plongée dans l'écriture, plus rien ne compte.

– Il doit y avoir une ribambelle de livres sur Napoléon en Russie, observa Hamish.

– Que connaissez-vous à l'histoire, jeune homme ?

Hamish fut soulagé d'entendre les sirènes qui approchaient. Le professeur lui était de plus en plus antipathique.

Blair et l'inspecteur Jimmy Anderson arrivèrent dans la première voiture. Dans la seconde, se trouvait le docteur Forsythe, la légiste. Elle fut suivie d'un monospace avec à son bord l'équipe de la scientifique, puis d'une voiture avec au volant la petite silhouette fébrile de Shona Fraser.

– Qu'est-ce qui s'est passé, Macbeth ? demanda Blair.

– Apparemment, on lui a défoncé le crâne avec son seau.

Pendant que la légiste sortait son équipement, Blair se pencha sur le corps. Puis il se redressa, une lueur de triomphe dans ses yeux imbibés d'alcool.

– C'est là que vous vous trompez, mon gars, lança-t-il d'une voix forte en jetant un regard vers Shona. Il y a du sang sur la margelle de la pompe. Elle a dû trébucher et se cogner la tête.

– Vous permettez, dit la légiste en écartant Blair pour s'accroupir auprès du corps.

Il y eut un long silence tandis qu'elle menait ses investigations. Le temps était sec, mais la brume descendait, noyant le paysage dans une grisaille uniforme.

Une mouette tournoyait en criant au-dessus d'eux. Des baies de sorbier rouge sang pleuvaient de l'arbre.

Le docteur Forsythe se releva enfin.

– Je vous en dirai plus quand je l'aurai examinée, mais il semblerait en effet qu'on lui ait porté un coup mortel à la tête en la frappant par-derrière avec son seau. Elle est tombée en avant et son front a heurté la margelle de la pompe.

– Il y a peut-être eu une lutte, intervint Hamish. Regardez, au bas de l'allée, le gravier a été déplacé.

Furieux, Blair s'en prit à lui.

– Vous, là. Elle avait de la famille ?

– Un mari.
– Eh bien, allez lui annoncer la nouvelle et laissez faire les spécialistes.
Hamish toucha sa casquette et se dirigea vers sa Land Rover. Les techniciens de la scientifique s'équipaient. Ils empestaient tous l'alcool à plein nez. Hamish se rappela qu'il y avait eu un match de rugby la veille. Ils avaient dû fêter ça, comme d'habitude.
Shona lui courut après.
– Vous aviez raison. Lui, non.
– *Och*, Blair est un type brillant. Restez avec lui, répondit précipitamment Hamish en sautant dans sa Land Rover.
Un des aspects les plus difficiles du métier de policier était d'annoncer la mauvaise nouvelle aux proches, se dit Hamish.
Il retourna à contrecœur au lotissement, se gara devant la maison des Gillespie, remonta l'allée et sonna.
Mr Gillespie vint lui ouvrir.
– J'ai une mauvaise nouvelle, j'en ai peur, dit Hamish en ôtant sa casquette. Votre femme est morte.
Il savait par expérience qu'il valait mieux annoncer d'emblée la cruelle vérité au lieu de laisser un proche, un mari ou une épouse plantés sur le seuil en parlant vaguement d'accident.
– Morte ? Qu'est-ce qui s'est passé ? Elle a eu une attaque ?

– Je peux entrer ?

– *Aye.*

Il s'effaça pour laisser passer Hamish et le fit entrer dans le salon. Hamish nota le grand écran plat et le lecteur de DVD avant de se tourner vers Mr Gillespie.

– Il vaut mieux vous asseoir, lui dit-il.

Mr Gillespie s'installa dans un fauteuil au coin du feu et Hamish replia son grand corps dans un autre.

– Comment elle est morte ? demanda de nouveau Mr Gillespie.

– Il semblerait qu'on l'ait frappée à la tête avec son seau.

Mr Gillespie porta une main tremblante à sa bouche, sortit de sa poche un mouchoir propre et se couvrit le visage. Ses épaules étaient secouées de spasmes.

Hamish le lorgna soudain d'un œil soupçonneux.

– Vous riez ?

Mr Gillespie baissa son mouchoir. Il riait tant et plus. Le chagrin provoque parfois des réactions étranges, se dit Hamish. Mais le rire de Mr Gillespie était plus joyeux qu'hystérique.

– Voyez-vous, ce seau, c'était son arme, finit par expliquer Mr Gillespie en se penchant en avant et en tapotant son crâne. Regardez ! C'est elle qui m'a fait ça avec cette saloperie.

Hamish vit une vieille cicatrice sur son crâne parsemé de taches de rousseur.

– Vous voulez dire que vous étiez un mari battu ?

– Ça, c'est sûr.

– Pourquoi ne pas avoir déposé plainte ?

– J'ai un cancer de l'estomac. J'en suis à ma deuxième séance de chimio. Je ne peux pas travailler. On dépendait entièrement de ses revenus à elle.

– J'ai remarqué que vous étiez propriétaire de la maison. Ça devait rapporter, les ménages.

– Non, ça, c'est moi. J'avais pas mal d'argent de côté.

– Je vérifierai l'heure approximative du décès, dit Hamish. Mais je crois bien que je vais vous servir d'alibi. Vous avez une voiture ?

– Non.

– Je vois mal comment vous auriez pu aller la tuer là-bas. Vous avez quelqu'un sur qui compter ?

– Pour fêter ça ? Je n'ai besoin de personne. Je vais rester ici et prendre une cuite. Et puis regarder du catch à la télé. Avec elle, je n'avais pas le droit, ajouta-t-il, les mains crispées sur les genoux. Et je vais aussi pouvoir revoir ma fille. Heather est née de mon premier mariage. Comme Mavis la détestait, elle ne venait jamais.

– Qui pouvait vouloir la tuer, d'après vous ?

– À part moi ? Des tas de gens, à mon avis. Elle passait son temps à dire du mal des autres.

– Elle avait un bureau, chez vous ? Des papiers, des lettres auxquels je pourrais jeter un œil ?

Hamish commençait à se demander si cette fouineuse ne se livrait pas au chantage.

– Non, rien. Elle disait que les papiers étaient un nid à poussière. Les livres étaient interdits de séjour. Mais c'est vrai, ça ! Je vais pouvoir m'inscrire à la bibliothèque.

– Il doit bien y avoir des relevés de compte quelque part.

– On peut regarder si vous voulez. C'était elle qui s'occupait des factures.

Mais au grand étonnement d'Hamish, ils eurent beau chercher partout, il n'y avait pas un seul livret bancaire, pas une seule facture dans la maison.

– À quelle banque était-elle ? demanda-t-il.

– Aucune idée.

– Mais enfin, quand vous étiez en activité, on vous payait sans doute par chèque !

– Je travaillais à Strathbane, chez Brown & Simpson, le magasin de vêtements pour homme. Je donnais les chèques à Mavis et elle les encaissait.

– Elle devait bien vous donner de quoi vous acheter ce que vous vouliez ?

– Juste un sandwich pour le déjeuner et de quoi me payer le ticket de bus. C'est tout.

– L'acte de propriété de la maison doit forcément être quelque part.

Mr Gillespie haussa les épaules sous le regard déconcerté d'Hamish.

Hamish s'attarda devant la maison, se demandant quoi faire. Puis il se rappela qu'il n'y avait qu'une seule banque à Braikie, la Highland & Island.

C'était une nouvelle banque mais elle avait très probablement conservé les clients de l'ancienne agence.

Il remonta en voiture, prit la direction du centre-ville et se gara devant la banque, dans la rue principale.

Il demanda à voir le directeur et on lui dit de patienter. Il espérait que ce dernier n'était pas de ces gens qui font attendre les autres pour se donner de l'importance.

Mais une femme sortit du bureau du directeur et le pria d'entrer.

Le directeur se présenta. Mr Queen était un grand Highlander cadavéreux, dont les traits semblaient figés dans une perpétuelle morosité, comme si de longues années passées à cultiver le refus de prêt avaient fini par lui marquer le visage.

Hamish lui apprit la mort de Mrs Gillespie et lui demanda si elle avait un compte chez Highland & Island. Les longs doigts osseux de Mr Queen pianotèrent sur un clavier d'ordinateur.

– *Aye*, dit-il en se renversant sur son siège, le regard fixé sur l'écran.

– Vous pouvez m'imprimer ses derniers relevés de compte ?

Mr Queen étudia le policier dégingandé sous ses gros sourcils broussailleux.

– Je peux obtenir un mandat, soupira Hamish.

– Je n'en doute pas. Je vais vous imprimer ça.

Hamish attendit que les relevés sortent en crépitant de l'imprimante.

Mr Queen les lui tendit. À sa mort, Mrs Gillespie avait vingt mille livres sur son compte courant.

Hamish leva un regard perplexe.

– Il n'y avait ni livret ni relevé de compte chez elle.

– Elle ne voulait pas qu'on lui envoie quoi que ce soit.

– Et si j'en crois ces relevés, les dépôts étaient tous effectués en liquide.

– Oui.

– Vous ne trouviez pas ça bizarre ?

– Je n'ai jamais regardé son compte de près. Elle déposait l'argent au guichet. Elle devait connaître par cœur son numéro de compte ou l'avoir noté quelque part et effectuait les dépôts en remplissant un formulaire au guichet.

– Et la maison ? Elle occupait un logement social qu'elle avait acquis.

– Il faut que je cherche ailleurs, répondit le directeur d'un air sombre. Je reviens.

Hamish rongea son frein, le cerveau en ébullition. Mrs Gillespie avait volé la lettre d'Elspeth, ce qui signifiait qu'elle espionnait probablement ses employeurs. La piste du chantage semblait se dessiner.

Une mouette se posa sur le rebord de la fenêtre et fixa Hamish de ses petits yeux ronds avant de s'envoler. Le vent se levait. Dehors, un journal abandonné soulevé par une bourrasque fit un double entrechat avant de disparaître dans le ciel qui s'obscurcissait.

Mr Queen revint enfin.

– *Aye*, elle a acheté sa maison il y a vingt ans quand les logements sociaux ont été vendus à bas prix. À cette époque, son mari et elle avaient un compte joint. Ils l'ont entièrement payée. Elle ne coûtait que quinze mille livres. Ils ont pris un emprunt qu'ils ont remboursé. Il y a de ça une dizaine d'années. Et puis Mrs Gillespie a fermé le compte joint il y a deux ans avec l'accord de Mr Gillespie. Depuis, tous les dépôts étaient effectués en liquide.

– Bien, j'y vais, dit Hamish. Vous recevrez sans doute la visite de mon supérieur, l'inspecteur-chef Blair.

Hamish retourna chez le professeur. La scientifique était toujours à pied d'œuvre. Quant à Blair, il buvait au goulot d'une flasque, réfugié dans sa voiture avec le chauffage à fond.

Hamish toqua à la portière.

– Quoi ? lui lança Blair en baissant la vitre.

Hamish lui parla des relevés de compte et conclut :

– Elle faisait peut-être du chantage à des gens pour qui elle travaillait.

Blair regarda derrière Hamish. Il se retourna et

vit la silhouette menue de Shona Fraser qui n'avait pas perdu une miette de ce qu'il avait dit.

– Expliquez tout ça à Jimmy Anderson, aboya Blair, retournez à votre poste et attendez les ordres.

Hamish s'éloigna. Shona le suivit en l'observant d'un air soupçonneux.

– Je ne vois toujours pas en quoi Blair est un grand policier.

– Patience. Il va au fond des choses. Très au fond. On ne dirait pas comme ça, mais ça cogite là-dedans.

Hamish vit Jimmy et lui fit signe. Il lui tendit les relevés de compte et lui confia qu'il soupçonnait une histoire de chantage.

– Il vaut mieux que vous commenciez les interrogatoires, répondit Jimmy. Je m'occupe du professeur.

– Le vieux con m'a renvoyé dans mes pénates.

Jimmy sortit une liste de noms.

– Vous savez quoi, allez voir cette Mrs Barret-Wilkinson à Styre, je réglerai ça avec Blair, lui dit-il.

Puis avec son air futé, il plissa ses yeux bleus en apercevant Shona qui discutait avec Blair.

– Qu'est-ce qu'elle veut, la petite ? demanda-t-il.

– Strathbane Television a décidé de faire un documentaire sur ce fin limier de Blair. Elle est documentaliste.

– Espérons qu'elle trouve une once d'intelligence dans son cerveau imbibé de whisky. En parlant de ça – vous avez du whisky, au poste ?

– Une demi-bouteille.
– Ça ira. Je passe chez vous ce soir.

Contrairement à son supérieur, l'inspecteur Jimmy Anderson avait le plus grand respect pour le travail d'Hamish.

Hamish rentra à Lochdubh, récupéra ses deux compagnons, les embarqua dans la Land Rover et prit la direction de Styre. Ce n'était guère qu'un hameau composé d'une poignée de maisons de pêcheurs, de trois villas et d'un petit magasin, situé au bord du loch maritime du même nom, qui formait une sorte de baie exposée au déchaînement de l'Atlantique.

Son estomac gargouilla, lui rappelant qu'il n'avait pas mangé. Il se gara devant le magasin tenu par une certaine Mrs Beattie, si sa mémoire était bonne. La petite dame maniérée était derrière le comptoir. La boutique était sombre, les rayonnages débordaient de boîtes de conserve qui semblaient très vieilles, de sacs de nourriture pour animaux, de rouleaux de corde et de casiers à homards.

– Mais c'est Mr Macbeth ! s'exclama Mrs Beattie. Ça fait une éternité qu'on ne vous a pas vu par ici.

– Il me faudrait quelque chose à manger, dit Hamish. Et des boîtes pour mon chien et ma chatte.

– Pour les chiens et les chats, c'est à gauche. Et je vais vous faire un sandwich. Au Spam, ça ira ?

– Parfait.

Hamish prit une boîte pour Sonsie et une autre pour Lugs. Il savait que ses compagnons trop gâtés préféraient ce que mangeaient les humains, mais pour une fois, ils devraient s'en accommoder. Si lui pouvait se contenter de pâté de jambon en conserve, ils pouvaient bien supporter de la nourriture pour animaux.

Mrs Beattie revint peu après et lui tendit un gros sandwich emballé dans du papier sulfurisé. Hamish ajouta une bouteille d'eau minérale à ses achats.

– Je vous dois combien, pour le sandwich ?

– Je vous l'offre. Qu'est-ce qui vous amène ?

– Mrs Gillespie, la femme de ménage de Mrs Barret-Wilkinson, a été tuée.

– Seigneur ! Ceci dit, c'était une harpie, mais Mrs Barret-Wilkinson prétendait que c'était une femme de ménage hors pair. Quand j'ai eu la grippe, l'année dernière, elle est venue faire le ménage chez moi. J'ai bien failli rechuter avec tout le boucan qu'elle faisait avec son seau et cette manie qu'elle avait de mettre son nez dans des tiroirs qu'elle n'avait pas à ouvrir. Où est-ce qu'elle a été tuée ?

– Devant chez le professeur Sander.

– Comment ?

– Apparemment, on lui a fracassé le crâne avec son seau. À quoi ressemble Mrs Barret-Wilkinson ?

– Elle fait très grande dame. Très distinguée. Anglaise, évidemment.

– Qu'est-ce qu'elle est venue chercher ici ?

– La qualité de vie.

– Ah, ça. Et elle l'a trouvée ?

– À ce qu'y paraît.

– Bon, j'y vais. Où habite-t-elle ?

– C'est la grande maison, au-dessus du village. Il y a un araucaria devant.

Hamish regagna la Land Rover, prit deux gamelles et un ouvre-boîtes dans le coffre. Il remplit les gamelles et fit sortir Lugs et Sonsie. Ils reniflèrent tous les deux leur pâtée puis le regardèrent d'un œil accusateur.

– Allez, mangez, leur ordonna Hamish. Vous n'aurez rien d'autre avant ce soir.

Il avala son sandwich et but l'eau en contemplant le loch. Le vent commençait à souffler en rafales. Il finit son sandwich, rembarqua le chien et la chatte, alla rincer leur gamelle vide dans l'eau, retourna à la voiture et reprit la route. Le crachin céda la place à une pluie battante.

Arrivé devant la maison, il s'engagea dans une petite allée arrondie. Passé le grand araucaria qui flanquait le portail, le jardin était agrémenté de massifs foisonnants de lauriers et de rhododendrons et abrité du vent par un haut mur en pierre. La pluie s'égouttait des feuilles des buissons.

Hamish sonna et attendit. Une grande femme vint lui ouvrir. Elle portait un tailleur en tweed bien coupé. Bien qu'il ne soit pas de la première jeunesse – une dame aussi distinguée que Mrs Barret-Wilkinson ne pouvait décemment pas s'afficher en tweed flambant neuf, se dit-il –, il ne lui allait pas vraiment, comme si elle était habituée à un style plus citadin.

– Mrs Barret-Wilkinson ?

– Elle-même.

Il lui donnait une quarantaine d'années. Elle avait de beaux cheveux bruns noués en chignon, un long nez et de petits yeux vifs. Elle lui faisait penser à un colley.

Hamish enleva sa casquette.

– Je suis l'agent Hamish Macbeth. Je peux entrer ? J'ai une mauvaise nouvelle.

La plupart des gens se seraient écriés : « C'est mon fils ? Ma fille ? » Ou un quelconque proche. Mais elle se contenta de hocher la tête et tourna les talons.

Il la suivit dans un vestibule sombre puis dans un vaste salon au rez-de-chaussée. On se serait cru, en plus petit, dans le salon d'apparat d'un manoir. Le canapé et les fauteuils étaient tapissés de soie rayée, les fenêtres garnies de rideaux en soie plus lourde. Au-dessus de la cheminée trônait un portrait de Mrs Barret-Wilkinson – qui avait toutes les apparences d'un tableau, si ce n'est que l'œil exercé d'Hamish repéra aussitôt qu'il s'agissait en réalité d'une photo habilement retouchée pour donner l'illusion d'une peinture. Un feu de bois crépitait dans la cheminée en marbre.

Elle s'assit et lui indiqua de faire de même. Elle avait des collants épais et de grosses chaussures à lacets.

– Alors, cette mauvaise nouvelle ? demanda-t-elle calmement avec un accent anglais aristocratique.

– Votre femme de ménage, Mrs Gillespie, a été tuée.

– Mon Dieu ! C'est épouvantable. Mais comment vais-je faire pour trouver une autre bonne ?

Elle le dévisagea posément. C'était étonnant qu'elle ne demande pas où et comment Mrs Gillespie avait été tuée, songea Hamish.

– Parlez-moi de Mrs Gillespie, lui dit-il. Constituait-elle une menace pour quiconque ? Quelqu'un la haïssait-il suffisamment pour la tuer ?

– Mais, mon cher, protesta-t-elle avec un petit rire, je ne suis pas à tu et à toi avec les gens de maison. Je n'en ai pas la moindre idée. Peut-être le mari. C'est généralement le cas.

– Le mari a un alibi. Où étiez-vous ce matin entre, disons, dix et onze heures ?

Ses traits se durcirent.

– Vous n'avez tout de même pas l'impertinence de croire que j'aie quoi que ce soit à voir avec cette affaire ?

– Je dois passer tout le monde au crible.

– J'étais là.

– Des témoins ?

– Je suis un peu à l'écart du village. Je ne sais pas si on m'a vue.

– Mrs Gillespie avait une très grosse somme sur son compte. Nous pensons qu'elle se livrait peut-être au chantage.

– C'est ridicule. Elle a dû gagner à la loterie.
– En ce cas, elle aurait reçu un chèque. L'argent était uniquement versé en liquide.
– Je trouve vos insinuations quelque peu insolentes. Je vous prie de vous en aller. Si vous continuez à m'importuner, je me plaindrai auprès de vos supérieurs.
Hamish se leva.
– Je vous préviens qu'il s'agit uniquement d'une enquête préliminaire. Vous recevrez sans doute la visite d'un inspecteur.
– Vous connaissez la sortie, répliqua-t-elle sèchement.

Avant de partir, Hamish jeta un œil par les fenêtres du garage attenant à la maison. Il aperçut une grosse BMW. Avec un bolide pareil, elle avait tout à fait pu foncer à travers les collines et rejoindre Braikie en un temps record, guetter la femme de ménage devant chez le professeur et la frapper au moment où celle-ci regagnait sa voiture. Hamish alla sonner chez plusieurs habitants du village, mais personne n'avait vu Mrs Barret-Wilkinson ce matin-là. Il apprit qu'elle s'absentait souvent pendant plusieurs mois, a priori pour se rendre à Londres. Hamish s'interrogea sur Mrs Barret-Wilkinson. Pourquoi vivait-elle seule loin de tout ? Et puis il n'était pas convaincu par ses airs de grande dame.
Sur le chemin du retour, Hamish songea soudain

que Mrs Wellington savait peut-être quelque chose. Elle était toujours d'une rafraîchissante franchise.

Mrs Wellington était dans la cuisine du presbytère. Triste vestige de l'époque victorienne, la pièce était garnie de rangées d'étagères destinées à de gigantesques services de table et possédait encore ses vieux éviers en pierre.

– J'ai appris, pour le meurtre, dit Mrs Wellington. Ça ne m'étonne pas.

Hamish s'assit à la table et ôta sa casquette.

– Pourquoi donc ?

– Elle était despotique et fouinait partout.

– Pourquoi l'avoir gardée à votre service, en ce cas ?

– J'ai essayé de la renvoyer. Elle est allée raconter une histoire larmoyante à mon mari. Il m'a dit que c'était mon devoir de chrétienne de la garder.

– C'est-à-dire, elle fouinait ?

– Je l'ai surprise plusieurs fois à regarder dans les tiroirs. Elle m'a juré qu'elle nettoyait seulement les bords à l'intérieur. Elle était très pratiquante. Un jour, mon mari sortait d'un vilain rhume et comme il n'avait pas le courage d'écrire un sermon, il en a ressorti un vieux. Mrs Gillespie s'en est aperçue et m'a demandé insidieusement ce que les gens penseraient s'ils le savaient. Je lui ai répondu qu'elle n'avait qu'à le crier sur les toits, mais que je dirais à tout le monde d'où venait ce ragot. Seigneur ! Je me souviens, j'étais tellement hors de moi que je lui ai demandé si elle faisait du chantage. Elle a marmonné quelque chose dans sa barbe et elle a filé.

– L'eau bout, dit Hamish en lorgnant la cuisinière, plein d'espoir.

– J'ai autre chose à faire que de vous préparer un thé ou un café, Hamish.

– À part le professeur Sander, vous connaissez les deux femmes pour qui elle travaillait à Braikie, Mrs Fleming et Mrs Styles ?

– Non, elles fréquentent probablement l'église de là-bas. Mais je sais qui doit les connaître – les sœurs Currie. Elles vont parfois à la messe à Braikie histoire de s'amuser.

Hamish n'était pas étonné d'apprendre que Nessie et Jessie Currie, les sœurs jumelles de la paroisse, toutes deux vieilles filles, se distrayaient ainsi. Il connaissait des villageois qui se rassemblaient pour écouter un prédicateur invité avec l'enthousiasme d'une foule d'ados assistant à un concert de Robbie Williams.

Il n'était pas censé les traiter de vieilles filles, évidemment. Les forces de l'ordre avaient été dotées d'un manuel récapitulant les formules politiquement correctes. L'expression « vieille fille » était désormais interdite, tout comme, songea-t-il amèrement en se dirigeant vers le cottage des sœurs, sur le quai, celle de « vieilles fouineuses » comme il avait coutume de les appeler.

Avec leur permanente grise frisottée et leurs

grosses lunettes, elles étaient d'une ressemblance extraordinaire. Il les distinguait au fait que Nessie était la plus déterminée des deux et que Jessie répétait sans cesse tout ce qu'elle disait.

D'autres se seraient peut-être inquiétés de trouver un policier sur le pas de leur porte, mais de toute évidence les sœurs l'attendaient.

– Entrez vite, lui dit impatiemment Nessie. Nous étions sûres que vous viendriez.

– Sûres que vous viendriez, répéta Jessie.

– La pauvre. Mourir comme ça, le crâne fracassé par un seau, soupira Nessie.

Les mauvaises nouvelles vont vite, songea Hamish.

– Il y avait beaucoup de sang ? demanda Nessie.

– De sang ? psalmodia Jessie.

– Apporte du thé à l'agent Macbeth, lui ordonna sa sœur.

Jessie alla à la cuisine en ronchonnant.

Les sœurs étaient aussi petites l'une que l'autre et Hamish avait l'impression que leur mobilier sortait d'une grande maison de poupée. Il s'enfonça dans un fauteuil nain et se retrouva les genoux sous le menton.

– Je me demandais si vous pouviez me parler de deux dames de Braikie. Mrs Gillespie travaillait pour elles. Mrs Fleming et Mrs Styles.

– Ce seraient des commérages, rétorqua Nessie en se drapant dans sa dignité.

– Il s'agit plutôt d'aider la police dans son enquête, rectifia Hamish.

Nessie fut ravie d'avoir officiellement la permission de répandre des ragots.

– Eh bien, Mrs Fiona Fleming est une jeune veuve avec deux fils adolescents.

– Elle ne peut pas être si jeune que ça. Quel âge ont les garçons ?

– Sky a treize ans et Bobby, douze.

– Sky ? Où a-t-elle été chercher un prénom pareil ? s'étonna Hamish.

– Je ne sais pas. À la télé, je suppose.

– Quel âge a Mrs Fleming ?

– Une quarantaine d'années, je pense. C'est encore jeune, de nos jours.

– Elle travaille ?

– Elle n'est pas obligée. Bernie, son mari, avait une chaîne de vidéoclubs dans toute l'Écosse. À sa mort, elle les a tous vendus.

– Quand est-il mort ?

– Voyons voir, dit-elle au moment où Jessie arrivait, courbée sur un plateau chargé. Dis-moi, Jessie, quand est-ce que Bernie Fleming est mort ?

– Il y a environ cinq ans, cinq ans.

– Comment il est mort ?

– Il était saoul et il est tombé chez lui dans l'escalier. Il s'est brisé le cou, le pauvre, ajouta Nessie avec un plaisir morbide.

Hamish ignora les chœurs de Jessie pour se concentrer sur ce que disait sa sœur.

– Et sa veuve, Mrs Fleming, c'est quel genre de femme ?

– C'est une petite poupée. On l'a aperçue en compagnie du docteur Renfrew, de l'hôpital. Une honte.

– Pourquoi ça ?

– Il est marié.

Hamish prit la tasse de thé que lui tendait Jessie.

– Et Mrs Styles ?

– Ah, ça c'est une dame bien. Elle est très pratiquante, très active dans la paroisse.

– Mariée ?

– Oui, avec un vendeur de chaussures à la retraite. Il a une santé fragile.

Lorsque Hamish réussit enfin à s'extirper du cottage des deux sœurs, les idées se bousculaient dans sa tête. Il avait hâte d'aller interroger cette Mrs Fleming. La mort de son mari était-elle réellement accidentelle ? La femme du docteur Renfrew était-elle au courant de leur liaison – si tant est qu'ils aient une liaison ? Il savait par expérience qu'il suffisait qu'il dîne un soir au restaurant en compagnie d'une femme pour que les jumelles racontent le lendemain dans tout le village qu'il avait une aventure.

3

> « Trois ou quatre familles dans un village de campagne, voilà ce sur quoi il faut travailler. »
>
> Jane Austen,
> lettre à Anna Austen

Hamish se dépêcha de rentrer au poste, obnubilé par Mrs Fleming, et ce n'est qu'une fois assis à son bureau qu'il s'aperçut qu'il avait oublié Sonsie et Lugs dans la Land Rover.

Il s'empressa d'aller les libérer.

– Vous avez mangé, leur dit-il.

Ils le fixèrent un instant, puis par cette étrange télépathie avec laquelle les deux bêtes semblaient communiquer, ils filèrent en courant dans le champ qui s'étendait derrière le poste.

Hamish retourna à son bureau et chercha le numéro de portable de Jimmy Anderson.

– Dites-moi, dit-il à Jimmy quand celui-ci

décrocha, il se trouve que je connais une des deux femmes qui employaient Mrs Gillespie à Braikie – Mrs Fleming. Vous pourriez convaincre le vieil emmerdeur que ce serait une bonne idée que j'aille la voir ?

L'avantage d'être highlander, songea Hamish, c'est qu'on peut raconter des bobards sans le moindre scrupule.

– Ne bougez pas, dit Jimmy.

Hamish rongea son frein en entendant des voix dans le fond. Puis Jimmy revint au téléphone.

– Notre seigneur et maître vous donne son autorisation.

– Comme ça ?

– *Aye*. Comme la petite Shona était là et que Blair veut devenir une star de la télé, il a accepté. Qu'est-ce que vous avez découvert ? Vous avez appris quelque chose.

– Je vous dis ça ce soir, répondit Hamish puis il raccrocha.

Nessie Currie lui avait donné un bout de papier avec les adresses de Mrs Fleming et de Mrs Styles. Il remarqua que Mrs Fleming habitait tout près de chez le professeur Sander.

En longeant la route côtière en direction de Braikie, il vit que la mer de plus en plus grosse avait viré au noir grisâtre.

– La tempête se lève, marmonna-t-il. J'espère être rentré avant que la route soit submergée.

Il n'y avait aucun doute, la mer montait depuis quelques années. Les jolies maisons qui se trouvaient en bordure de route étaient fréquemment inondées. Subitement, une violente rafale secoua la Land Rover et il fut soulagé d'arriver dans le centre, à l'abri de la rue principale, puis bifurqua en direction des grandes maisons.

Comme le professeur Sander, Mrs Fleming habitait une demeure victorienne avec une petite allée. En revanche, il n'y avait ni fleurs ni arbres, mais simplement une étendue de pelouse.

Il sonna. Un carillon égrena les accords de *Roamin' in the Gloamin*.

Au bout d'un long moment, une femme toute menue vint lui ouvrir. Poupée était le mot juste. Elle avait un petit visage rond avec de grands yeux bleus et une bouche en bouton de rose. De belles boucles blondes savamment coiffées. Elle portait une robe longue style Laura Ashley, très années quatre-vingt, avec des fleurs et un décolleté carré bordé de dentelle.

Elle regarda Hamish et porta la main à sa gorge.

– Mes fils ! s'écria-t-elle.

– Non, pas du tout, la rassura Hamish. Je peux entrer ?

– Bien sûr, dit-elle en s'effaçant pour le laisser passer avant de refermer la porte derrière lui. Par ici.

Elle ouvrit une porte qui donnait sur un grand salon. Hamish écarquilla les yeux. Tout était blanc :

le canapé et les deux fauteuils en cuir, la table basse, les rideaux aux fenêtres, la bibliothèque, le vase en porcelaine et ses chrysanthèmes. Même la moquette était blanche.

– J'aurais dû vous dire d'ôter vos chaussures, lui dit Mrs Fleming en avisant une petite tache de boue laissée par ses semelles. J'interdis aux garçons d'être en chaussures dans la maison.

– Je vais les enlever, répondit Hamish.

– Le mal est fait. Asseyez-vous.

Pour un petit bout de femme comme elle, elle en imposait. Hamish retira sa casquette et prit place dans un des fauteuils, qui émit un bruit de pet. Il se rendit compte avec agacement qu'il rougissait.

– Ces fauteuils font de drôles de bruits, dit-il.

– Ah oui ? s'étonna-t-elle en s'asseyant dans l'autre fauteuil qui n'émit pas un soupir. Bien, que me vaut cette visite ?

– Mrs Gillespie a été tuée.

Quelle était cette lueur qui frémissait dans ces yeux bleu porcelaine ? Une pointe de soulagement mêlée au choc ?

– Quelle horreur, dit-elle. Comment ? Où ça ?

– Chez le professeur Sander. On a retrouvé son corps au pied de la vieille pompe à eau, à côté du portail. Il semblerait qu'elle ait été frappée avec son seau.

– Par qui ?

– On cherche le coupable. Où étiez-vous ce matin, Mrs Fleming ?

– Vous ne croyez tout de même pas… Ah oui, bien sûr. Vous interrogez tous ceux qui la connaissaient. Voyons voir, j'ai emmené les garçons au collège et puis je suis rentrée.

– Vous avez des témoins ?

– Je ne pense pas. Vous pouvez demander à la voisine, Mrs Samson. Elle passe ses journées à épier par la fenêtre.

– Que pensiez-vous de Mrs Gillespie ?

– Un peu bourrue, mais dans le fond, c'était une brave femme.

Et en avant les clichés, se dit cyniquement Hamish.

– Elle vous faisait peur ?

– Bien sûr que non. Ce n'était que la femme de ménage. Elle venait deux fois par semaine.

Les yeux noisette d'Hamish parcoururent la pièce. Il remarqua que les étagères étaient couvertes d'une pellicule de poussière.

– Quand est-elle venue pour la dernière fois ?

– Hier matin.

– Les étagères sont poussiéreuses.

– Ah bon ? Je la laissais faire son travail, voyez-vous, expliqua-t-elle, en triturant nerveusement sa robe de ses petites mains blanches. J'ai assez fait le ménage du vivant de mon mari.

– Vous faisait-elle chanter ? demanda brusquement Hamish.

– Non ! Quelle question ! Je n'ai aucun secret.

– Nous pensons que c'est peut-être le mobile du crime.

– Je n'ai rien à cacher.

– Pas même votre relation avec le docteur Renfrew ?

La rage lui déforma soudain le visage.

– Allez-vous-en ! cria-t-elle. Dorénavant, vous vous adresserez à mon avocat.

Hamish se leva du fauteuil, qui lâcha un petit prout d'adieu.

– Un enquêteur va prendre la relève, Mrs Fleming, et si vous refusez de répondre aux questions, vous serez emmenée pour interrogatoire à Strathbane.

– Sortez ! Sortez ! hurla-t-elle.

Elle saisit le vase en porcelaine blanche orné de chrysanthèmes et le lui lança à la figure. Il l'esquiva et le vase alla se fracasser contre le mur.

– Je pourrais vous arrêter pour violence contre un policier, l'avertit sévèrement Hamish. Je reviendrai.

– Foutez le camp, Arnold Schwarzenegger ! s'égosilla-t-elle.

Hamish resta planté devant son portail à se creuser la cervelle. Il était étonné de n'avoir retrouvé ni lettres ni documents compromettants chez Mrs Gillespie. Si elle faisait chanter ses employeurs, elle devait bien conserver des lettres. Mais où ?

Il regarda pensivement la maison voisine. Un rideau de dentelle frémit.

Il se dirigea vers la porte de la maison. Il n'y avait pas de sonnette. Il frappa avec le heurtoir en cuivre à l'ancienne et attendit. Un pas traînant s'approcha de l'autre côté de la porte, puis elle s'ouvrit.

– Mrs Samson ?

– *Aye*, entrez donc. Vous venez pour le meurtre. Essuyez-vous les pieds.

Mrs Flora Samson était une vieille dame voûtée. Ses mèches grises laissaient apparaître un crâne rose luisant. Son visage parcheminé était creusé de rides de contrariété. Avec ses lunettes à verre épais qui lui grossissaient les yeux, on aurait dit une sorcière offrant des bonbons à des petits enfants.

Son salon était plein de photos encadrées. Il y en avait partout. Les meubles victoriens étaient drapés de têtières en dentelle jaunies. Une chouette empaillée posée sur une table en bambou fixait la pièce d'un œil torve derrière sa vitrine. Au mur, un saumon naturalisé également sous verre nageait sans fin sur un fond mal peint de rivière et de roseaux. Des charbons se consumaient lentement dans la cheminée en laissant échapper de temps en temps des petits nuages de fumée grise. Il flottait une forte odeur de désodorisant à la lavande, qui ne parvenait pas à masquer les relents d'urine et d'aisselles.

– Vous venez pour le meurtre, répéta Mrs Samson. Asseyez-vous.

– Comment l'avez-vous appris ?

– C'est passé à la télé il y a un quart d'heure. Elle est dans la cuisine. Je ne la regarde pas beaucoup, remarquez, mais je la laisse allumée pour l'écouter.

Des bruits étouffés de rires et de cris d'encouragement lui parvenaient de la cuisine. Un jeu télévisé, se dit Hamish.

– J'ai interrogé Mrs Fleming. Je dois m'assurer que tous les gens chez qui Mrs Gillespie faisait le ménage ont un alibi. Avez-vous vu Mrs Fleming sortir ce matin ?

– *Aye*, elle a emmené les garçons au collège puis elle est revenue. Vous pouvez ranimer le feu, mon petit ? Il fait un froid de canard, ici.

Hamish prit un tisonnier en cuivre posé à côté de la cheminée, remua les braises et recula soudain en recevant en pleine figure un nuage de fumée.

– *Och*, ronchonna-t-il. Il faut faire ramoner votre cheminée.

– Asseyez-vous et mêlez-vous de vos affaires.

– Elle est ressortie ? demanda-t-il.

La tête de Mrs Samson semblait flotter à travers les bancs de fumée.

– C'est possible. J'ai dû aller au petit coin. C'est en haut, et à mon âge, j'ai l'impression d'escalader l'Everest. À cause de l'arthrite. Ça me prend un temps fou.

– Nous pensons que Mrs Gillespie se livrait peut-être au chantage.

Les yeux de Mrs Samson pétillèrent d'une lueur malveillante. Une flammèche rouge jaillie du feu fumant se refléta dans ses verres épais.

– Alors, peut-être qu'elle l'a tué, après tout.

– Qui ça ?

– Son mari, Bernie Fleming. Je vois mal comment un solide gaillard comme lui aurait pu tomber dans l'escalier. D'autant qu'il n'était pas porté sur la boisson.

Hamish commençait à la prendre en grippe, mais ses ragots étaient précieux.

– Ils étaient heureux en ménage ?

– Ah ça non. Je les entendais se disputer.

– Comment ça ? Dans la maison d'à côté ?

– Dans leur jardin, l'été, quand je prenais l'air, je les entendais. Elle criait qu'elle en avait marre de nettoyer et d'astiquer et qu'il ne la sortait jamais nulle part. Dès qu'il est mort, elle a vendu toutes ses affaires, tous les meubles et a tout modernisé.

– J'ai remarqué que l'escalier était en bois ciré et plutôt raide. On peut facilement glisser.

Mrs Samson s'esclaffa.

– À l'époque, ils étaient recouverts de haut en bas d'une épaisse moquette.

– Comment le savez-vous ? Vous étiez allée chez eux ?

– Non, mais Mrs Gillespie me l'avait dit.

– Ah oui ? Alors comme ça, vous étiez amie avec elle ?

– Elle passait de temps en temps pour faire un brin de causette. Les vieilles dames ne reçoivent pas beaucoup de visites.

– Vous a-t-elle dit quoi que ce soit qui ait pu vous conduire à penser que Mrs Fleming avait tué son mari ?

– Non, mais j'avais mes soupçons.

– Elle vous parlait de ses autres employeurs ? Le professeur Sander, Mrs Styles, Mrs Wellington et Mrs Barret-Wilkinson ? poursuivit Hamish en consultant sa liste.

– *Och*, pas vraiment, à part quelques remarques ici et là, du genre que Mrs Wellington était une esclavagiste ou que Mrs Styles était loin d'être une sainte contrairement à ce qu'elle voulait faire croire. Elle ne m'a jamais rien dit sur les deux autres.

Hamish eut soudain hâte de sortir de la pièce enfumée. Il se leva.

– Bien, j'y vais. Je repasserai peut-être vous voir. Il est possible que Mrs Gillespie ait fait chanter ses employeurs. Mrs Gillespie avait-elle des amis ? ajouta-t-il sur le seuil en se retournant.

– Je crois qu'il lui arrivait de bavarder avec Mrs Queenie Hendry, la dame qui tient la boulangerie de la grand-rue.

Le portable d'Hamish sonna au moment où il sortait de la maison. C'était Jimmy.

– Blair veut que vous alliez chez la fille. On ne lui a pas encore annoncé la nouvelle.

– Et son père ? Il a bien dû l'appeler.

– On sort de chez lui. Il préfère que ce soit la police qui la prévienne. Allez savoir pourquoi. Je vous file l'adresse. The Nest, Shore Road, c'est une des maisons de la côte. Cette manie de ne pas donner de numéros de rue, à croire qu'ils se prennent pour des châtelains. Et de votre côté, ça avance ?

– J'ai pas mal d'éléments, je vous raconte ça ce soir. Je n'ai pas envie que Blair débarque.

Alors qu'il roulait sur la route côtière, ballotté par le vent hurlant, il vit devant lui les premières vagues se fracasser sur la chaussée. La maison était indiquée par un panneau en pyrogravure qui se balançait en grinçant au bout de deux petites chaînes en métal. Il se dit qu'Heather Gillespie était peut-être à son travail, si elle travaillait, mais en ouvrant le portail, il aperçut une silhouette mince qui entassait des sacs de sable devant la porte.

– Miss Gillespie ? s'enquit-il en se demandant subitement si elle était mariée.

Elle se retourna. Dès qu'elle vit son uniforme, l'appréhension aiguisa son regard.

– On peut entrer ? lui demanda Hamish en tenant sa casquette pour l'empêcher de s'envoler.

Elle ouvrit la marche en silence.

Un autre salon, cette fois sobrement meublé d'une table et de chaises en kit qu'il avait vues en vente dans un magasin de bricolage d'Inverness. La pièce était glaciale. Un petit chauffage d'appoint éteint était posé devant la cheminée murée.

Heather Gillespie était maigre, mais elle avait une grosse tête surmontée d'une crinière rousse. Ses grands yeux gris argent étaient ce qu'elle avait de plus beau. De la même couleur que les yeux d'Elspeth, pensa Hamish, qui se demanda soudain si elle était arrivée.

– J'ai une mauvaise nouvelle, j'en ai bien peur. Mrs Gillespie est morte.

– Elle a eu une attaque ? demanda Heather.

– Non, elle a été tuée.

Elle blêmit.

– Vous voulez que j'aille vous chercher quelque chose ?

– Non, non. C'est le choc. Comment ? Où ça ? Où est mon père ?

– Mrs Gillespie a été tuée ce matin devant chez le professeur Sander. Elle a été frappée. Votre père a été prévenu. Pour une raison ou pour une autre, il a jugé préférable que vous l'appreniez par la police.

– Papa est malade. Je peux le comprendre. Il vaut mieux que j'aille le voir.

– Qui pouvait vouloir du mal à votre mère, d'après vous ?

– Quasiment tout le monde.

– Miss Gillespie… À moins que vous soyez mariée ?

– Non. Je l'ai été, mais après le divorce, j'ai repris mon nom de jeune fille.

– Je peux m'asseoir un instant ?

Elle lui montra la table placée devant la fenêtre et ils s'assirent tous les deux. Dehors, le mugissement et le fracas de la mer s'amplifiaient.

Hamish sortit son carnet.

– Comment s'appelle votre ex-mari ?

– Tom Morrison.

– Où est-ce que je peux le trouver ?

– À Braikie. Il tient le garage local.

– Des enfants ?

– Non. Mais qu'est-ce que ça vient faire avec le meurtre de ma mère ?

– Je me demandais seulement, dit-il avec un accent chuintant qui trahissait son malaise, si Mrs Gillespie n'aurait pas quelque chose à voir avec la rupture de votre couple ?

Une grosse larme coula sur la joue d'Heather, suivie d'une autre, puis d'une autre encore, jusqu'au moment où elle fondit en sanglots. Hamish vit une boîte de kleenex sur la table, la prit et la posa à côté d'elle.

Elle s'essuya les yeux et se moucha. Puis à mi-voix, elle lui dit :

– Maman m'a dit que Tom avait une liaison avec Bertha MacLean, la pétasse du coin. Je lui ai demandé de s'expliquer et il m'a dit que maman n'était qu'une sale menteuse. Un soir, je l'ai suivi et je l'ai vu monter à son appartement. Ça m'a suffi, j'ai demandé le divorce. Après le divorce, j'ai croisé Bertha dans la rue et je l'ai traitée de tous les noms. Elle m'a dit qu'elle avait eu un cancer et que quelques personnes du village lui étaient venues en aide. Tom était venu réparer des trucs chez elle. J'ai demandé à Tom et il m'a expliqué qu'au départ, Bertha ne voulait pas qu'on sache qu'elle avait un cancer et avait fait jurer à ceux qui l'aidaient de ne rien dire. Je lui ai crié qu'il aurait pu m'en parler. Il m'a répondu qu'il en avait marre de vivre avec une femme qui était sous la coupe d'une mégère pareille et qu'il avait envie de tuer cette vieille garce. Il m'a dit que maman lui avait dit que j'en avais marre de lui. J'ai dit que c'était faux, évidemment, mais le mal était fait. Je n'ai quasiment pas reparlé à ma mère depuis.

– Mais ce n'est pas vraiment votre mère, n'est-ce pas ?

– Non, ma mère est morte quand j'avais trois ans et j'ai pris l'habitude de l'appeler maman.

Mrs Gillespie avait dû avoir une influence désastreuse sur leur couple, songea Hamish, même si Tom et Heather n'avaient manifestement guère confiance l'un en l'autre.

– Il vaut mieux que j'aille voir papa, dit Heather.

– Avant, je vais vous aider à porter les sacs de sable.

Elle jeta un œil à sa montre.

– Non, c'est inutile. La marée descend.

Elspeth Grant avait défait sa valise et regardait par la fenêtre du Tommel Hotel Castle les petites maisons blanches de Lochdubh qui bordaient le loch. Elle ouvrit la fenêtre et respira à pleins poumons l'odeur de pin.

C'était si bon d'être de retour. On frappa à la porte. Elle alla ouvrir et vit Bessie qui lui apportait des serviettes propres.

– Bonjour, Miss Grant, contente de vous revoir. Vous êtes venue pour le meurtre ?

– Le meurtre ? Quel meurtre ?

– La pauvre Mrs Gillespie. On lui a fracassé le crâne avec son seau.

Elspeth réprima une folle envie de rire.

– C'était qui, Mrs Gillespie ?

– Une femme de ménage qui habitait du côté de Braikie. Vous allez voir Hamish ?

Avant qu'elle ait eu le temps de répondre, Luke Teviot entra nonchalamment.

– Coucou, chérie, dit-il d'un ton enjoué. C'est quoi, le programme des réjouissances, ici ?

Bessie écarquilla les yeux. Elle posa les serviettes dans la salle de bains et s'empressa d'aller crier sur les toits qu'Elspeth Grant était venue dans les Highlands avec un petit ami.

La nuit tombait vite quand Hamish entra dans le garage de Tom Morrison. Un homme en bleu de travail délavé maculé de taches de graisse était penché sur un moteur de voiture.

– Mr Morrison ?

– J'allais fermer. C'est pour quoi ?

Il se redressa. Il était petit, l'air avenant, avec un visage carré couronné d'une masse de boucles brunes.

– Vous êtes au courant qu'il y a eu un meurtre ?

– *Aye*, on ne parle que de ça au village.

– Où étiez-vous ce matin ?

– Parce que vous croyez que j'ai tué cette vieille emmerdeuse ? Non, je ne l'ai pas tuée. J'étais ici. Tolly, mon assistant, n'a pas bougé d'ici. Il y a des gens qui sont venus prendre de l'essence. Je peux vous donner leurs noms.

– Non, ça ira, répondit Hamish qui ne savait pas s'il disait la vérité mais ne voulait pas perdre de temps à éplucher sa liste de clients. Parlez-moi de Mrs Gillespie. Qui aurait pu vouloir la tuer, à votre avis ?

– A priori, je serais tenté de vous dire n'importe qui, dit Tom en s'essuyant les mains sur un chiffon. Personne ne l'aimait. Mais de là à la tuer ! Non, je ne vois personne qui ait pu faire ça. Ce n'est pas l'envie qui m'a manqué, des fois. Elle a brisé mon mariage avec sa belle-fille. Mais passer à l'acte, c'est une tout autre histoire.

– Vous comptez vous remettre avec Heather, maintenant ? demanda Hamish.

– Je ne pense pas. Elle n'avait pas confiance en moi et s'il n'y a pas de confiance dans le couple, ça ne peut pas marcher.

– Mais s'il n'y a pas un peu de jalousie dans un couple, c'est qu'il n'y a pas d'amour, lui objecta Hamish.

– Je vois qui vous êtes, Macbeth. Vous n'êtes pas marié, alors qu'est-ce que vous en savez ?

– Croyez-moi, je m'y connais. Bon, réfléchissez bien. À qui dans son entourage aurait-elle pu faire du chantage ?

– Du chantage !

– C'est possible. Il n'y avait aucun papier chez elle. Savez-vous si elle possédait d'autres biens ?

Tom lui fit signe que non.

– Il vaut mieux poser la question à Heather ou à son père.

– Je leur demanderai. Je repasserai demain pour bavarder.

Hamish revint directement à Lochdubh. Jimmy l'attendait devant le poste.

– Je pensais que vous seriez entré comme tout le monde, dit Hamish en ouvrant la porte. Vous savez où est le double de la clé.

– Je viens d'arriver.

Hamish le fit entrer. Puis il se souvint de Sonsie et de Lugs. Où étaient-ils passés ? Il les avait vus filer ensemble.

Le téléphone sonna dans le poste et il alla répondre. C'était Angela Brodie, la femme du médecin.

– Je vous ai vu passer en voiture et j'ai renvoyé

vos monstres. Ils étaient venus quémander. Je les ai nourris tous les deux.

– Merci, Angela. Il faut que je file. Je passerai vous voir demain.

Quand Hamish retourna à la cuisine, il trouva Jimmy qui fouillait frénétiquement dans les placards.

– Le whisky est dans le four, dit Hamish.

– Qu'est-ce qu'il fait là ?

– Quand les gens d'ici passent et me demandent un whisky, si je veux me débarrasser d'eux, je leur dis que je n'en ai pas. J'en ai même vu qui font comme vous et se mettent à fouiller dans les placards en me disant qu'ils sont sûrs que j'en ai mais que j'ai oublié où je l'avais mis.

Jimmy sortit la bouteille à moitié pleine du four et prit deux verres dans le placard.

Il se versa une bonne dose de whisky, en donna deux fois moins à Hamish, vida son verre d'un trait et se resservit.

– Ah, ça va mieux, soupira-t-il. Alors, qu'est-ce que vous avez trouvé ?

Hamish lui expliqua en détail ce qu'il avait découvert.

– Bon, dit Jimmy, le plus important, c'est l'absence de documents ou de lettres. Elle avait un coffre ?

– Zut, je n'y ai pas pensé.

– Ne vous en faites pas. Je suis sûr qu'elle ne les aurait pas mis au coffre, et que le directeur vous aurait prévenu, si elle en avait un. Elle avait peut-être acheté un box.

– À moins qu'elle les ait enterrés dans son jardin.

– C'est possible. Je vais envoyer des hommes.

– Comment ça s'est passé avec Mrs Styles ?

– Elle a fait un esclandre. Blair a voulu l'intimider et elle est montée sur ses grands chevaux en disant que c'était un scandale. Elle l'a traité de mécréant. Il était tellement hors de lui qu'il voulait lui faire subir un interrogatoire. Elle a appelé Daviot en disant qu'elle portait plainte pour harcèlement policier. Daviot a écarté Blair et a dit qu'il était préférable de confier l'interrogatoire à Hamish Macbeth. Blair a accepté, évidemment, en espérant que Mrs Styles porterait plainte contre vous.

– J'irai la voir demain matin.

Un aboiement perçant résonna de l'autre côté de la porte. Hamish l'ouvrit et Lugs et Sonsie entrèrent mollement dans la cuisine.

– C'est intéressant que la vieille voisine vous dise que Bernie Fleming a peut-être été tué. Comment Mrs Gillespie l'aurait-elle su ? Il n'y a aucune preuve.

– Peut-être qu'elle faisait le ménage ce jour-là. Il est possible que dans un accès de colère Mrs Fleming l'ait violemment poussé dans l'escalier. Et le professeur ? Cette espèce de gnome prétentieux.

– Comme Blair lui faisait de la lèche, on n'en a pas tiré grand-chose. Il ne s'est jamais marié. Il n'a pas l'air homo. Il mène une vie irréprochable, apparemment. Si vous voulez mon avis, il doit s'emmerder sec.

– Un type aussi arrogant n'aurait pas supporté longtemps Mrs Gillespie.

– C'est possible, répondit Jimmy. Mais de l'avis général, cette femme était un tyran. Blair aussi, et pourtant, il a réussi à amadouer le vieux. Peut-être qu'elle était gentille avec lui. Quoi qu'il en soit, puisque notre chef bien-aimé estime que vous savez y faire, vous aurez tout le loisir de lui parler.

La porte de la cuisine s'ouvrit et Elspeth entra, suivie de Luke Teviot.

– J'y vais, dit Jimmy. Alors, Elspeth, c'est comment, Glasgow ?

– Nettement moins palpitant qu'ici. Il y a eu un meurtre, à ce qu'il paraît.

– Demandez à votre petit copain, dit Jimmy avant de filer.

– Votre petit copain ? demanda Luke.

– Il plaisantait, s'empressa de dire Elspeth.

Luke s'assit à la table.

– Vous avez un cendrier ?

Hamish en sortit un d'un placard et le posa sur la table. Luke alluma une cigarette. Hamish, qui avait arrêté de fumer depuis longtemps, fut agacé de constater qu'il avait envie d'en prendre une.

Elspeth et Hamish s'assirent à leur tour et s'observèrent d'un œil méfiant. Elspeth avait fait lisser ses cheveux frisés. Il n'était pas sûr d'aimer. Et elle était vêtue d'une tenue à la fois chic et décontractée, bien loin de l'assortiment de fripes qu'elle avait l'habitude de porter.

– Tu n'as pas traîné, dit Hamish. Vous êtes chargés de couvrir le meurtre, tous les deux ?

– Non, on est venus en vacances.

– Vous êtes ensemble, si je comprends bien.

– Non, dit Luke.

– Oui, dit Elspeth en même temps.

Luke remarqua qu'Hamish, qui jusque-là lui avait semblé raide et contrarié, s'était soudain détendu et s'amusait visiblement.

– En fait, dit Elspeth, ça pourrait nous payer nos congés. La rédaction est intéressée.

– Pourquoi ? s'étonna Hamish. Il y a des meurtres quasiment tous les jours, à Glasgow. C'est juste une vieille dame qui s'est fait défoncer le crâne avec son seau.

– Parce qu'il se trouve qu'on est sur place et qu'apparemment, un meurtre dans les Highlands présente plus d'intérêt. Alors, qu'est-ce que tu peux nous dire ?

– Tu sais comment ça marche, Elspeth. Il faut que vous alliez à Strathbane recueillir la déclaration officielle. Tout ce que je peux te dire, c'est qu'effectivement, elle a été tuée alors qu'elle sortait de chez le professeur Sander, à Braikie. C'est moi qui ai découvert le corps.

– Qu'est-ce que tu faisais là-bas ?

– Je passais par hasard.

– Tu mens, Hamish, l'accusa Elspeth en le fixant

de ses yeux gris. On est allés voir la scène du crime. La maison du professeur est au fond d'une impasse. Bessie, la femme de chambre de l'hôtel, m'a dit que tu t'étais vu offrir les services de Mrs Gillespie dans une tombola. Tu es allé la voir. Pourquoi ? Le bruit court qu'elle faisait peut-être du chantage. Elle a fouillé dans les dossiers de la police ?

– Ça suffit, répliqua sèchement Hamish. Écoute, Elspeth, on va faire un deal. Obtiens une déclaration du commissariat central. Suis la procédure. Ceci étant, je vais te dire une chose : elle faisait peut-être du chantage, mais je n'ai pas retrouvé de lettres chez elle, ni même de factures – pas le moindre papier. Elle les a peut-être cachés quelque part. Si tu trouves où, je te dis ce que j'ai.

– Tu ne nous offres rien à boire, Hamish ? Ça ne te ressemble pas.

– Je suis fatigué et Jimmy a descendu tout le whisky. Allez, filez.

– Ce flic est amoureux de toi, dit Luke dès qu'ils furent sortis du poste. Et toi ? Pourquoi lui avoir fait croire qu'on était ensemble ?

– Arrête de poser des questions. Il y a un bon resto, par là. J'ai faim.

Elspeth s'éloigna d'un air décidé. Luke l'observa avec amusement, puis lui emboîta le pas.

4

« Tout le monde vit en vendant quelque chose. »

Robert Louis Stevenson

Le lendemain matin, avant de rendre visite à Mrs Styles, Hamish décida d'aller voir Queenie Hendry, l'amie de Mrs Gillespie, à la boulangerie de Braikie. Dès qu'il aperçut Queenie, il se souvint d'elle. Il l'avait déjà interrogée lors d'une précédente enquête pour meurtre. C'était une femme avenante d'une petite soixantaine d'années avec des cheveux gris bien coupés et des joues roses. Il ne voyait pas ce qu'elle pouvait avoir en commun avec Mrs Gillespie.

– Je peux vous parler une minute ?

– C'est à propos de Mavis, je suppose, dit-elle avant de se tourner vers la vendeuse. Vous pouvez me remplacer, Alice ?

Puis elle souleva l'abattant du comptoir et le rejoignit.

– C'est affreux, pauvre Mavis, soupira-t-elle.

– J'ai cru comprendre que vous étiez amie avec Mrs Gillespie.

– Oui, nous bavardions souvent après la fermeture du magasin. Elle raffolait des gâteaux à la crème, la pauvre.

– Réfléchissez bien, surtout. L'avez-vous déjà soupçonnée de se livrer à du chantage ?

Elle pâlit légèrement.

– Écoutez, insista Hamish, elle est morte. Si vous savez quelque chose, il faut me le dire.

– Si je vous le dis, vous me dénoncerez à la mairie, chuchota-t-elle.

– Venez, il vaut mieux aller dehors.

Ils sortirent de la boulangerie. Le vent était tombé et le temps était doux et ensoleillé.

– Je vous promets que quoi que vous me disiez, je ne vous dénoncerai pas à la mairie, lui assura Hamish.

Elle serra ses bras robustes contre sa poitrine couverte d'un tablier blanc.

– Voilà, j'ai été envahie par les souris. J'avais un mal fou à m'en débarrasser. Un jour, il n'y avait personne au magasin et j'en ai parlé à Mavis. Elle m'a dit : « Montrez-moi, je sais y faire avec les souris. » Je l'ai emmenée à l'arrière, j'ai allumé la lumière, et il y avait des souris qui galopaient partout. Et là, elle a sorti un petit appareil et s'est mise à prendre des photos. J'étais horrifiée. Puis elle m'a dit : « Je pense que le service d'hygiène et de sécurité de la mairie serait intéressé par ces photos. » Je lui ai dit que le dératiseur devait venir le lendemain, mais je sais qu'à la mairie, il y a un salopard qui passe son temps à pourrir la vie des commerçants. Elle m'a promis qu'elle garderait ça pour elle en échange d'une boîte de gâteaux à la crème tous les jours. Mais ça ne suffisait pas. Elle prétendait qu'elle était mon amie et elle était toujours fourrée au magasin. Elle me faisait peur.

– Vous auriez dû venir me voir, dit Hamish. Je lui aurais cloué le bec vite fait. Je dois vous demander ce que vous faisiez hier matin.

– J'étais au magasin toute la matinée. Je peux vous dire quels clients sont venus et Alice était avec moi tout le temps.

– Vous ne vous êtes jamais dit que vous n'étiez peut-être pas la seule qu'elle faisait chanter ?

– Non. Elle ne demandait jamais d'argent. Juste des gâteaux à la crème.

Hamish la remercia et lui dit de l'appeler si jamais quelque chose lui revenait ou si elle voyait qui d'autre Mrs Gillespie aurait pu faire chanter.

En repartant pour aller interroger Mrs Styles, il regarda dans le rétroviseur et remarqua derrière lui une petite voiture avec au volant Shona Fraser. Il s'arrêta, descendit de la Land Rover pendant qu'elle se garait et alla lui parler.

– Vous êtes censée être avec l'inspecteur-chef.

– Il n'arrête pas de brailler sur tout le monde. Je

pensais venir avec vous. Je suis sûre que ce serait mieux de faire un documentaire sur vous.

Hamish la regarda d'un œil grivois.

– *Aye*, pourquoi pas ? Je me vois bien à la télé. C'est quoi, mon meilleur profil, à votre avis ?

– Laissez tomber. Où allez-vous ?

– À la ferme des Gordon pour vérifier que les papiers des moutons sont en règle. C'est primordial de vérifier les papiers des moutons.

– Et le meurtre, alors !

– Les papiers des moutons ne sont peut-être pas importants pour vous, répliqua Hamish dont le visage ne reflétait qu'une aimable stupidité, mais pour certains, c'est absolument vital. Tenez, parlons des moutons. Je m'y connais comme personne, en moutons.

– Je dois y aller, dit précipitamment Shona.

Amusé, Hamish la regarda partir. Puis son sourire s'effaça et il se remit en route pour aller interroger Mrs Styles. Dire que Mrs Gillespie avait été jusqu'à faire chanter Mrs Hendry – et pour des gâteaux à la crème, qui plus est ! Goinfrerie, malveillance, manipulation, intimidation. Pas étonnant qu'elle ait été tuée !

Mrs Styles habitait une maison de plain-pied à la sortie de la ville. Il se dirigea vers sa porte en maudissant Blair. Il était probable qu'elle était ressortie des locaux de Strathbane avec une méfiance et une haine coriace de la police.

Luke Teviot n'en pouvait plus de boire du thé. Elspeth avait une drôle de conception du journalisme dans les Highlands. Au lieu d'aller interroger les employeurs de Mrs Gillespie, elle avait fait le tour les environs de Lochdubh et de Braikie pour rendre visite à diverses connaissances qui l'avaient reçue et abreuvée de thé et de commérages. Mais il s'était vite aperçu qu'elle récoltait pas mal d'informations sur Mrs Gillespie.

– On va voir une certaine Mrs Samson, finit-elle par lui annoncer. Elle habite à côté de chez Mrs Fleming et apparemment, c'est une amie de Mrs Gillespie et une vraie langue de vipère.

– OK, répondit Luke en soufflant dans l'air pur une paresseuse volute de fumée. Mais je te préviens, si je dois encore m'enfiler du thé ou des scones, je hurle.

Ils se retrouvèrent bientôt dans la caverne enfumée du salon de Mrs Samson.

– Ça vous dérange si je fume ? demanda Luke.

– Oui, ça me dérange, rétorqua Mrs Samson. Vous savez ce que ça fait aux poumons, cette saleté ?

Le feu cracha un autre nuage de fumée grise.

– Comme je vous ai dit, poursuivit Elspeth, nous voulons écrire une nécrologie en hommage à votre amie.

Mrs Samson lâcha un ricanement, ses yeux encore plus grands derrière ses verres épais.

– Vous allez avoir du mal, ma petite. Personne ne l'aimait, dit-elle.

– Vous étiez amie avec elle, pourtant.

– J'aimais bien l'entendre raconter des ragots. Elle savait des choses sur tout le monde, même sur vous, Miss Grant. Elle savait que vous étiez folle amoureuse du policier mais que lui n'avait jamais oublié Miss Halburton-Smythe.

Luke haussa les sourcils avec étonnement.

– En ce cas, c'est qu'elle disait souvent n'importe quoi, s'empressa de répondre Elspeth. Comment êtes-vous devenues amies ?

– Elle est passée me voir, un jour. Elle m'a demandé si elle pouvait téléphoner. Je lui ai dit que je l'avais vue avec un portable, mais elle m'a expliqué qu'elle n'avait plus de batterie. J'ai accepté. Elle est allée téléphoner dans l'entrée. Je l'ai entendue dire : « Je n'ai rien reçu, vous avez intérêt à payer. » Et voilà que j'apprends par Macbeth qu'elle faisait du chantage.

– C'était quand, ce coup de téléphone ? demanda Elspeth.

– Voyons voir. Ma mémoire n'est plus ce qu'elle était. En juin dernier, je dirais.

– Si je comprends bien, vous ne la connaissiez pas depuis longtemps ?

– Non, mais c'était une vraie commère. La première fois, elle me dit, comme ça : « Votre voisine a tué son mari. Vous le saviez ? » Alors je l'ai invitée à s'asseoir parce que je ne peux pas sentir la petite pimbêche d'à côté, avec ses grands airs et ses manières. Toujours là à se plaindre. À ce qu'elle dit, la fumée de ma cheminée lui salit son linge.

Elspeth se demanda un instant par quel miracle de la fumée pouvait encore s'échapper par le haut de la cheminée, quand on voyait ce qui se déversait dans le salon.

– Comment est mort le mari de Mrs Fleming ? intervint Luke.

– Il s'est rompu le cou en tombant dans l'escalier.

– Et Mrs Gillespie l'a vu ?

– Elle ne l'a pas dit. Elle se bornait à des insinuations, le plus souvent. Après avoir accusé Mrs Fleming d'avoir tué son mari, elle a refusé d'en dire plus. Elle a fait un testament ?

– Sans doute, répondit Elspeth. Pourquoi ça ?

– Elle m'avait dit qu'elle me laisserait quelque chose qui pourrait me servir.

Elspeth avait hâte d'aller interroger Mrs Fleming, mais elle devait faire semblant d'être venue pour écrire une nécrologie. Ils réussirent enfin à s'échapper.

– Ouf ! souffla Elspeth. J'ai cru que j'allais m'étouffer. Je me demande si elle a bel et bien fait un testament. Allons voir Mrs Fleming. Écrase ta cigarette, Luke. Tu ne crois pas que tu as respiré assez de fumée comme ça aujourd'hui ?

Mrs Styles était imposante. Elle avait la poitrine opulente et les hanches plantureuses, des cheveux gris et fournis attachés en chignon, un visage rond, de grands yeux gris et une petite bouche mince. Elle portait une jupe en tweed, une blouse en crêpe et une longue veste en laine.

Elle lorgna Hamish des pieds à la tête puis lui demanda :

– Que voulez-vous ?

– Bavarder un peu.

– Je n'ai pas le temps de bavarder. Je me suis déjà plainte du comportement de Blair.

– On m'a dit que vous étiez une femme intelligente et perspicace. J'ai l'impression que vous êtes du genre à voir ce que d'autres ne voient pas.

– Il vaut mieux que vous entriez, dit-elle après avoir hésité un instant.

Dans le salon, un homme était vautré devant la télévision.

– Archie, tu peux nous laisser, s'il te plaît ? dit-elle.

Son mari – ou du moins c'est ce que supposa Hamish – se leva et sortit d'un pas traînant sans dire un mot. C'était un petit monsieur voûté en costume-cravate, avec de vieilles pantoufles éculées aux pieds.

– Asseyez-vous. Attendez, j'éteins la télévision. Bien. Que voulez-vous savoir ?

Hamish s'assit en regardant autour de lui. Il était étonné. Il s'attendait à ce que le salon soit impeccable, mais il était en désordre, jonché de magazines et de journaux. La cheminée était pleine de cendres.

– J'ai cru comprendre que Mrs Gillespie était plutôt tyrannique.

– Effectivement, mais avec moi, ça ne marchait pas. J'étais tout le temps sur son dos pour m'assurer qu'elle fasse correctement son travail.

– Quand est-elle venue pour la dernière fois ?

– Il y a cinq jours.

– Vous vous doutiez qu'elle se livrait au chantage ?

– Non. Évidemment, elle n'aurait jamais osé, avec moi. Je serais tout de suite allée voir la police.

– Vous avez été étonnée d'apprendre qu'elle avait été tuée ?

– Oui, on ne s'attend pas à ça dans une petite ville comme Braikie.

– Il y a déjà eu des meurtres ici.

– Ça doit être un de ces militants new age.

– Les militants new age ne viennent pas jusqu'ici, objecta Hamish. Les gens du coin les feraient déguerpir à coups de carabine.

– Depuis la construction des nouvelles autoroutes, il y a toutes sortes de gens bizarres qui viennent des grandes villes.

– Mrs Gillespie vous parlait-elle de ses autres employeurs ?

– Je ne tolère pas les commérages. De plus, quand elle venait, j'étais souvent sortie. Je m'occupe de beaucoup de choses dans la paroisse.

Malgré tous ses efforts, Hamish ne put lui soutirer la moindre information utile. En se levant pour prendre congé, il remarqua une photo encadrée sur un guéridon. On y voyait une jeune fille très belle avec de longs cheveux bruns balayés par le vent qui se tenait près d'une digue.

– C'est votre fille ?

– Je n'ai pas d'enfants. Croyez-le ou non, c'est moi quand j'étais jeune.

Dans la petite entrée, se trouvait un portemanteau à l'ancienne avec un miroir à rebord. L'un et l'autre étaient couverts de poussière. Visiblement, ils n'avaient pas été nettoyés depuis longtemps.

Il décida de rentrer à Lochdubh récupérer ses bêtes puis de filer à Strathbane pour consulter le rapport sur la mort de Mr Fleming. Un débat se déroulait dans sa tête. Une voix se demandait si Mrs Styles était aussi innocente qu'elle le prétendait, une autre s'interrogeait sur la mort de Bernie Fleming, une autre encore se disait qu'Elspeth sortait peut-être avec Luke Teviot, quand soudain, une nouvelle petite voix demanda si Mrs Gillespie avait laissé un testament.

Hamish alla chercher Lugs et Sonsie puis fonça à Strathbane. Arrivé au commissariat central, il s'installa devant l'ordinateur et chercha le rapport sur la mort de Bernie Fleming. Il le lut et le relut, mais apparemment, l'origine accidentelle de la mort ne faisait aucun doute.

Il monta dans la salle des enquêteurs et trouva Jimmy Anderson qui s'apprêtait à partir.

– Dites-moi, j'ai jeté un œil au dossier Bernie Fleming. Je ne trouve rien. Est-ce que Mrs Gillespie avait fait un testament ?

– Oui, j'ai appelé tous les notaires de Braikie et j'ai fini par trouver. Elle lègue tout à son mari. Ah oui, juste une chose. Elle a laissé un paquet fermé contenant des souvenirs pour son amie, Mrs Samson.

– Le notaire n'a pas dû le lui donner, dit Hamish. Il est obligé d'attendre le résultat de l'enquête.

– En fait, il le lui a remis ce matin. Elle est venue le chercher en taxi. Il a estimé qu'il n'y avait pas de mal à ça, dans la mesure où il ne s'agissait pas d'argent. C'est un petit jeune un peu naïf.

– Vite, il faut foncer chez Mrs Samson !

– Pourquoi ça ?

– Mais enfin, Mrs Gillespie lui a peut-être laissé des copies des documents dont elle se servait pour faire chanter les gens. Il faut se dépêcher. Je prends le volant. Vous avez déjà bu.

Hamish mit la sirène et roula jusqu'à Braikie pied au plancher.

– Vous ne croyez quand même pas qu'il lui est déjà arrivé quelque chose ? demanda Jimmy en jetant un coup d'œil nerveux à la chatte sauvage d'Hamish.

– Même si tout va bien, il faut qu'on sache ce

qu'il y avait dans ce paquet. Et merde, des moutons au beau milieu de la route. Chassez-les, Jimmy.

– Vous n'avez qu'à les chasser vous-même. Je suis votre supérieur. Je ne chasse pas les moutons.

Hamish s'arrêta et Jimmy le regarda avec amusement agiter les bras comme un moulin à vent pour rabattre les moutons dans un champ voisin.

Lorsqu'il rejoignit enfin la route côtière qui menait à Braikie, Hamish poussa un soupir de soulagement. Il traversa la ville à toute vitesse, sirène hurlante et bifurqua en direction de la maison de Mrs Samson.

Dès qu'il s'engagea dans sa rue, son cœur se serra. Devant chez elle, c'était le chaos. Les pompiers luttaient contre le brasier qui dévorait la maison.

– Elle est à l'intérieur ? cria Hamish en sautant de la Land Rover.

– Impossible de vérifier, on ne peut pas s'approcher, répondit un pompier. Reculez.

Hamish se précipita vers la porte d'entrée, mais avant qu'il l'atteigne, la vitre vola en éclats et une grande nappe de feu jaillit, le forçant à battre en retraite.

Blair débarqua et demanda ce qui se passait. Hamish lui dit que Mrs Samson avait récupéré le matin un paquet chez le notaire.

– Il y a fort à parier que quelqu'un était au courant de l'existence de ce paquet et a eu peur qu'il ne contienne des documents compromettants. Au premier coup de fil, on l'aurait localisée.

Du coin de l'œil, Blair aperçut Shona qui arrivait et s'empressa de lui dire :

– Vous feriez mieux de faire le tour des suspects pour vérifier où ils étaient.

Hamish jeta un dernier coup d'œil à la maison en feu avant de tourner les talons. Il était impossible que la vieille Mrs Samson ait survécu au brasier et les documents que lui avait transmis le notaire avaient dû être dévorés dans l'incendie avec elle.

Hamish décida de tout reprendre à zéro et de retourner voir Mrs Barret-Wilkinson. Il remontait la rue principale au volant de la Land Rover lorsqu'il crut voir un fantôme. La silhouette voûtée de Mrs Samson était penchée sur la devanture de la boulangerie. Il pila dans un crissement de pneus. Lugs poussa un aboiement de protestation. Hamish descendit d'un bond de la voiture.

– Mrs Samson ! cria-t-il. Vous savez que votre maison brûle ?

– Quoi !

– Elle est en flammes. Il vaut mieux que je vous raccompagne. Les pompiers pensent que vous êtes à l'intérieur.

Elle porta la main à sa poitrine et il la soutint de peur qu'elle ne s'évanouisse. Puis il l'aida à monter dans la Land Rover.

– Oh, ma maison, bredouilla-t-elle en se recroquevillant sur le siège passager.

– Vous étiez assurée ? demanda Hamish.

– *Aye*, répondit-elle en reprenant des couleurs. Je pourrai peut-être m'acheter une jolie petite maison toute de plain-pied.

Hamish la conduisit à la maison en feu. Dès qu'elle le vit arriver, Elspeth s'empressa de sortir son appareil et le photographia en train d'aider la vieille dame à descendre de la Land Rover.

Blair se précipita vers eux.

– C'est qui ? Je vous ai dit d'aller interroger les gens.

– Mrs Samson, répondit Hamish. Heureusement, elle faisait des courses quand l'incendie s'est déclaré. Dites-moi, Mrs Samson, ajouta-t-il en se tournant vers la vieille dame, le notaire vous a remis un paquet de documents que vous a légués Mrs Gillespie. Vous ne les auriez pas sur vous, par hasard ?

Elle fit signe que non.

– Je n'ai même pas ouvert le paquet. Mrs Gillespie a dit au notaire que c'étaient de vieux souvenirs – des photos et des lettres. Je pensais le donner à sa belle-fille, Heather.

– Et vous l'avez fait ?

– Je n'ai pas eu le temps. Je l'ai laissé sur la table de l'entrée.

Hamish contempla d'un œil sombre l'incendie.

– Vous, aboya Blair. Ne restez pas planté là

bouche bée comme un imbécile. Au boulot. On s'occupe de Mrs Samson.

Dans le dos de Blair, Jimmy fit le geste de boire et Hamish comprit qu'il passerait à Lochdubh en fin de journée.

Hamish était habitué aux tempêtes du Sutherland, mais quand il descendit de la Land Rover en arrivant chez Mrs Barret-Wilkinson, il soupira en sentant que la tempête se levait. Dans la région, les gémissements perçants du vent n'étaient entrecoupés que de brèves accalmies et ce jour-là, il hurlait déjà comme une banshee.

Hamish sonna à la porte en retenant sa casquette. Il attendit. Pas de réponse.

Il remonta en voiture et se rendit au magasin de Mrs Beattie.

– Vous avez vu Mrs Barret-Wilkinson ce matin ?

– Non, c'est très calme aujourd'hui. C'est affreux, ce qui est arrivé à Mrs Samson.

– Comment le savez-vous ? Vous connaissez Mrs Samson ?

– Jamais entendu parler, mais ma nièce de Braikie vient de m'appeler. Carbonisée, la pauvre vieille, ajouta Mrs Beattie avec un plaisir macabre.

– Elle est saine et sauve. Elle était sortie quand le feu s'est déclaré, dit Hamish.

– C'est une chance. Je vois que vous regardez les friands. Je les ai faits ce matin.

– Mettez-m'en six.

Une fois dehors, il sortit Sonsie et Lugs pour qu'ils se dégourdissent les pattes puis leur donna deux friands chacun.

Il les remit ensuite à l'arrière de la Land Rover, remonta en voiture et mangea les derniers friands accompagnés de la thermos de café qu'il avait préparée le matin avant de partir. La pluie dégoulinait sur le pare-brise. À la surface du loch maritime, des vagues de plus en plus hautes se pourchassaient furieusement, et du côté de l'Atlantique, d'autres, gigantesques, venaient se fracasser contre les rochers.

Il retourna chez Mrs Barret-Wilkinson et attendit. Il s'apprêtait à repartir quand elle arriva au volant d'un 4 × 4.

Elle eut un moment d'étonnement en le voyant, puis s'indigna.

– Je n'ai rien à vous dire, cria-t-elle pour couvrir le bruit du vent.

– Moi si, répondit Hamish. Il vaut mieux aller à l'intérieur.

Elle le fit entrer à contrecœur.

– Bien, je vous écoute, lui lança-t-elle, la main posée sur la cheminée.

Elle portait un chapeau de pêcheur et une veste cirée de circonstance qui faisaient cependant un drôle d'effet sur elle.

– La maison de Mrs Samson a brûlé.

– Qui est Mrs Samson ?

– Une amie de Mrs Gillespie. J'interroge tous

ses employeurs pour savoir où ils se trouvaient ce matin.

– Quelle impertinence. Fort bien, je faisais des courses à Strathbane.

– Où exactement ?

– Ici et là.

– Vous avez acheté quelque chose ? Vous avez des tickets de caisse ?

– Vous êtes pénible, à la fin. Non, j'ai juste fait du lèche-vitrine. Je n'ai rien vu qui me plaisait.

– Vous avez des témoins ? Vous avez croisé des gens que vous connaissez ?

– Non ! Et maintenant, fichez-moi la paix.

Sur le pas de la porte, Hamish se retourna.

– Heureusement, Mrs Samson est saine et sauve.

Le vent poussa soudain un hurlement surnaturel. Avait-elle pâli ? C'était difficile à voir dans la pénombre de la pièce.

– Elle est à l'hôpital ?

– Non, elle faisait des courses quand le feu a pris.

– Tant mieux.

En partant, Hamish jeta un œil derrière lui et la vit s'affaler dans un fauteuil sans avoir ôté sa veste et son chapeau.

Hamish décida de rendre visite au notaire avant d'interroger qui que ce soit d'autre. Qui avait pu apprendre aussi rapidement qu'un paquet avait été remis à Mrs Samson ? Il appela Jimmy sur son portable et obtint le nom et l'adresse du notaire.

Il fit un détour par Lochdubh pour déposer Sonsie et Lugs au poste.

Comme c'était marée basse, il put rejoindre Braikie sans encombre par la route côtière.

L'étude de James Bennet, le notaire, était située dans la rue principale, au-dessus d'un magasin de vêtements pour homme.

Hamish monta l'escalier en pierre, ouvrit une porte vitrée en verre dépoli et entra. Une jeune fille menue tapait frénétiquement sur un clavier.

– Entrez directement, dit-elle sans lever les yeux.

Hamish pénétra dans le bureau. James Bennet le regarda avec étonnement.

– J'ai rendez-vous avec Mrs Withers. Eileen ne vous l'a pas dit ?

– Vous parlez de la jeune fille de l'accueil ? Elle n'a pas levé le nez. Mais j'ai quelques questions à vous poser. Pourquoi avoir donné à Mrs Samson le paquet que lui avait légué Mrs Gillespie dans son testament avant que le crime soit résolu ?

Mr Bennet était un homme assez jeune avec une bonne tête franche, comme aurait dit la mère d'Hamish. Il avait un costume en tweed bien taillé, des cheveux bruns impeccablement coupés et des lunettes. Hamish avait l'impression que les verres n'étaient pas correcteurs et se demanda s'il n'en mettait pas pour se donner de la prestance.

James Bennet soupira.

– Je n'ai rien donné qui soit mentionné dans le testament. Je l'ai déjà dit à la police. Le matin du meurtre, Mrs Gillespie m'a appelé pour me demander de donner le paquet à Mrs Samson. Je lui ai dit de le lui donner elle-même, mais elle m'a répondu que c'était urgent et qu'elle était débordée. J'ai téléphoné à Mrs Samson et lui ai demandé si elle voulait que je le mette à la poste, mais elle m'a dit qu'elle viendrait le chercher en taxi. Elle est arrivée le matin de l'incendie dans un taxi qui a attendu en bas, elle a récupéré le paquet puis elle est repartie.

Hamish s'assit lentement dans le fauteuil réservé aux visiteurs.

– Mrs Gillespie se sentait manifestement en danger.

– *Och*, elle était bizarre, elle passait son temps à faire des insinuations, du genre « si vous saviez ce que je sais », sans plus de précision.

Hamish se frappa subitement le front. Le jeune notaire le regarda, déconcerté.

– Il n'y avait pas le moindre papier chez elle, dit Hamish avec un accent plus prononcé qui chez lui trahissait la colère ou la fébrilité. Je veux parler des relevés de compte, des actes notariés, ce genre de choses. C'est vous qui les avez ?

James jeta un œil au fouillis qui régnait dans son bureau.

– Oui, ils sont quelque part par là.

Décidément, je perds la main, se dit Hamish.

– Pourquoi ne pas en avoir informé la police ? reprit-il, furieux.

– On ne me l'a pas demandé.
– Je dois les récupérer.
– Vous avez un mandat ?
– Ne soyez pas ridicule, mon gars, vous me faites perdre mon temps. Donnez-les-moi.
– Il me faut un reçu.
– Mais oui, vous l'aurez, votre reçu.
– Eileen ! appela James.

Sa secrétaire entra. Ses cheveux étaient hérissés de gel et elle portait une blouse décolletée qui dévoilait la naissance de ses seins parsemés de taches de rousseur. Malgré son jeune âge, ses traits étaient déjà figés dans un masque maussade. Son fond de teint était aussi épais qu'un masque de carnaval en papier mâché.

– Allez me chercher les papiers de Mrs Gillespie.
– Ça marche.

Hamish attendit avec impatience. Le vent faisait trembler les carreaux et les charbons qui se consumaient dans la vieille cheminée victorienne s'enflammèrent soudain.

Enfin, Eileen revint avec un gros classeur métallique.

– Tout doit être là-dedans, dit James.
– Elle avait un comptable ? demanda Hamish.
– Pas autant que je sache. Elle n'en avait pas besoin. Elle ne payait sans doute pas d'impôts. Les ménages ne devaient pas beaucoup lui rapporter.
– Elle avait un joli pactole. Vous n'avez pas regardé ?

– Non, pourquoi voulez-vous que je regarde ? Pour moi, c'était une excentrique, et si elle tenait à me payer pour que je conserve ses papiers, moi ça m'allait.

Hamish rédigea un reçu, le remercia et repartit en serrant le classeur contre lui. Il décida d'en examiner le contenu avant de le remettre au commissariat.

Elspeth et Luke étaient occupés à boucler un article qu'ils cosignaient dans le bureau que le *Highland Times* avait accepté de mettre à leur disposition dans leurs locaux de Lochdubh.

– Tu es amoureuse de ce flic ?

– Jamais de la vie, répondit Elspeth. On s'est juste connus à l'époque où je travaillais ici.

Luke contempla la volute qui s'échappait de sa cigarette et s'élevait en direction de la pancarte d'interdiction de fumer fixée au mur.

– Moi je crois que si, j'ai senti un truc entre vous.

– Que ce soit bien clair, s'emporta Elspeth. Hamish Macbeth a été fiancé à Priscilla Halburton-Smythe. Ses parents sont les propriétaires de l'hôtel où on est descendus. Il ne l'a jamais oubliée.

– Elle l'a largué ?

– Non, bizarrement, c'est lui qui l'a plaquée.

– En ce cas pourquoi… ?

– Laisse tomber, Luke.

Une fois rentré au poste, Hamish ouvrit le classeur et éplucha son contenu. Il trouva le titre de propriété de la maison, les factures de gaz et d'électricité jusqu'au mois précédent, et un livret bancaire portant la même somme d'argent qu'il avait vue sur son dernier relevé de compte. Mais aucun élément compromettant qui puisse faire l'objet d'un chantage.

Il appela Jimmy pour lui annoncer qu'il avait retrouvé les papiers et lui dit qu'il déposerait le classeur au commissariat central.

– Ne vous dérangez pas, je vais venir le chercher, répondit Jimmy. Je n'en peux plus de Blair, j'ai besoin de souffler, autrement je vais finir par l'étrangler.

Hamish alla au magasin prendre une bouteille de whisky. Angela Brodie, la femme du médecin, achetait des boîtes pour chat. Dès qu'elle vit Hamish, son visage mince s'éclaira.

– Comment va, Hamish ? On ne vous voit guère, ces temps-ci – enfin, sauf quand vous avez besoin de me refiler vos monstres.

– Désolé, je passerai bientôt. Et votre livre, ça avance ?

Angela avait reçu un prix pour son premier roman. Au lieu de lui donner de l'assurance, le prix avait eu l'effet l'inverse.

– C'est laborieux. J'ai l'impression que je n'arriverai jamais à faire aussi bien que pour le premier. Une fois que votre affaire de meurtre sera résolue, je pourrai vous faire lire des passages ? Pour que vous me disiez ce que vous en pensez ?

– Je ne suis pas critique littéraire.
– Non, mais vous êtes un lecteur.
– Entendu.
– C'est pour qui, le whisky ?
– Jimmy Anderson. Il vaudrait mieux que je le nourrisse, aussi.
– Ne vous embêtez pas, dit Angela qui connaissait Jimmy depuis longtemps. Le whisky lui tient lieu de nourriture.

Hamish retourna au poste où il fit cuire du foie de gibier pour Sonsie et Lugs avant de se préparer un sandwich et du thé. Il venait de finir de manger, quand Jimmy arriva en maudissant le notaire de ne pas lui avoir parlé des documents qu'il détenait.
– D'autant que j'avais cru comprendre qu'il était mentionné dans le testament que le paquet était destiné à Mrs Samson. Vous avez trouvé des éléments compromettants, là-dedans ?
– Rien. Asseyez-vous, je vous apporte un whisky. Le livret bancaire est intéressant. Les dépôts en liquide ont commencé il y a deux ans – au début, c'étaient juste des petites sommes sur son compte courant, puis elles ont augmenté. Il se peut qu'elle ait laissé entendre quelque chose, que quelqu'un ait craqué et lui ait versé de l'argent, et qu'elle se soit alors rendu compte qu'elle avait trouvé un bon filon. À mon avis, elle ne faisait pas chanter une seule personne, mais plusieurs. Il va falloir fouiller dans le passé de tous ses employeurs.

Hamish servit un whisky et le posa sur la table de la cuisine devant Jimmy.

Une soudaine rafale fit trembler le poste dans un rugissement fracassant.

– Je ne sais pas comment vous faites pour supporter ce vent, maugréa Jimmy. À Strathbane, on est protégés par tous les bâtiments, mais ici, il fait un tel raffut que c'en est épuisant.

– Les tempêtes sont de plus en plus violentes, soupira Hamish. Et les vagues de plus en plus hautes. Si ça continue, Lochdubh va être emporté par les eaux. J'espère ne pas voir ça de mon vivant.

– C'est un trou mort, rétorqua froidement Jimmy. Ça ne serait pas une grande perte. Bien, commençons par le professeur Sander.

– Quelle impression il vous a faite ?

– Un cul serré. Il était furieux qu'on lui pose des questions.

– Il est prof de quoi ?

– Il a pris sa retraite. Il enseignait la littérature. Il a publié une bio grand public, *Byron : Les années de tourment*. Elle a plutôt bien marché. Il n'a plus rien fait depuis. Il ne s'est jamais marié.

– On pourrait peut-être vérifier le fichier des délinquants sexuels.

– On a merdé en Écosse, vous vous souvenez ? Près de six mille délinquants sexuels d'avant 1997 n'ont jamais été inscrits au fichier. Mais bon, ça vaut le coup de vérifier.

– Il était à quelle université ?

– Strathbane.

– Elle n'a rien de prestigieux. Ils proposent même des diplômes en maintenance des véhicules, maintenant.

– Blair a envoyé une équipe pour enquêter sur le terrain. Personne n'a vu rôder qui que ce soit du côté de la maison de Mrs Samson avant l'incendie. Mais le capitaine des pompiers pense que le feu a pris à la porte de derrière et n'importe qui aurait pu arriver par là en passant à travers champs.

– C'est un incendie criminel ?

– On n'est pas encore sûr. Ça prend un temps fou.

– Où est-ce que Mrs Samson va être relogée ?

– Pour le moment, on va lui trouver une place à la maison de retraite de High Haven. Elle ne peut rien acheter tant qu'elle n'a pas touché l'argent de l'assurance.

– J'ai oublié de demander au notaire si le paquet était gros. Elle avait un grand sac. Si elle l'a encore et qu'il contient des documents compromettants, elle peut être en danger.

– Pourquoi s'inquiéter ? répliqua Jimmy. Ça nous ferait une maître-chanteuse de moins.

– *Aye*, mais on aurait un autre meurtre à résoudre. Vous avez interrogé des gens chez qui elle travaillait ?

– À part le professeur, je suis allé voir Mrs Fleming avec Blair. Il était littéralement à ses pieds. Quand on est sortis, il m'a dit que c'était une fée.

– Oui, enfin la fée m'a balancé un vase à la figure, dit Hamish. Elle habite à côté. Elle a très bien pu sauter par-dessus la clôture du jardin et vider un bidon d'essence par la porte de derrière.

– Il y a aussi Mrs Styles, la dame que Blair s'est mise à dos. Et votre Mrs Wellington ?

– Mrs Gillespie s'est rendu compte qu'un dimanche, le pasteur leur avait refourgué un vieux sermon et elle a insinué que ça ferait un scandale si les gens l'apprenaient. Ça n'a pas marché. En revanche, Mrs Barret-Wilkinson m'intéresse. J'ai l'impression qu'elle joue les grandes dames. Mais de tous, c'est elle qui habite le plus loin.

– On a vérifié les casiers judiciaires de tout le monde, dit Jimmy en attrapant la bouteille de whisky. On n'a rien trouvé.

– Je me demande si certains d'entre eux ont déjà eu l'occasion de figurer dans le journal local, observa Hamish. Je vais peut-être aller regarder. Non, Jimmy, plus de whisky. Tenez, rapportez le classeur au commissariat.

– Tiens, voilà ton chéri, dit Luke.

Elspeth leva la tête et rougit légèrement en voyant Hamish entrer dans le bureau du journal.

– J'ai besoin de votre aide, dit-il.

– Et nous, on a besoin de la vôtre, répliqua Luke en passant un long bras autour des épaules d'Elspeth qui était assise à côté de lui. On vient de terminer un papier, mais il est un peu léger.

– Je vous donnerai ce que j'ai quand je pourrai. Elspeth le sait. OK, j'ai une info pour vous, elle ne va pas tarder à sortir, de toute façon, mais surtout, ne me citez pas. Mrs Samson a récupéré un paquet chez le notaire, à qui Mrs Gillespie l'avait confié en lui demandant de l'envoyer par la poste à Mrs Samson. Le notaire a téléphoné à Mrs Samson, qui est venue le chercher elle-même en taxi le jour de l'incendie. Si Mrs Gillespie faisait du chantage – ce qui n'est encore qu'une hypothèse, même si elle avait beaucoup d'argent sur son compte pour une simple femme de ménage –, il se peut que quelqu'un ait eu peur que Mrs Samson soit désormais en possession de documents compromettants et ait incendié sa maison. Le notaire est James Bennet. Je vous donnerai son numéro. Appelez-le pour avoir confirmation, et quant à cette histoire de chantage, dites que vous la tenez d'une « source » à Braikie. Ah oui et demandez au notaire quelle taille faisait le paquet. Mrs Samson dit qu'elle ne l'a même pas ouvert et qu'il était dans la maison quand elle a brûlé, mais il se peut qu'elle mente et qu'il ait été dans son grand sac.

– Super, dit Luke. Je m'en occupe et toi, Elspeth, tu aides le flic à trouver ce qu'il cherche.

– Qu'est-ce que tu veux, Hamish ? demanda Elspeth en se dégageant du bras de Luke.

– Je veux consulter les archives du journal pour voir si un des suspects y est mentionné pour une raison ou pour une autre.

– Je sais qui il te faut, Terry le Geek. Terry ! appela Elspeth.

Un jeune homme maigre, aussi roux qu'Hamish et couvert d'acné, entra par le fond du bureau.

– Je te présente Terry, dit Elspeth. Le fils de Mrs MacKay. Il a organisé tout le système.

– Je ne vous avais pas reconnu. Vous n'étiez qu'un gamin, la dernière fois que je vous ai vu.

Terry sourit d'un air penaud.

– Qu'est-ce que je peux faire pour vous ?

– J'ai une liste de noms et je voudrais que vous vérifiiez si certains ont déjà été mentionnés dans le journal.

– Venez, on va se mettre sur mon ordinateur. Je vais vous chercher ça.

– Je ne vois pas comment, objecta Hamish. Ça va prendre un temps fou d'éplucher tous les journaux, non ?

– Pas du tout, répondit fièrement Terry. J'ai tout classé par noms, lieux et sujets.

– Allons-y, dit Hamish en s'asseyant à côté de lui devant l'ordinateur. Mrs Fiona Fleming, anciennement Mrs Bernie Fleming.

Les longs doigts osseux de Terry tapotèrent sur le clavier.

– Ça ne vous dérange pas, qu'on vous appelle Terry le Geek ? Les surnoms peuvent être cruels dans les Highlands.

– Je vois ça comme un compliment. De toute

façon, les gens n'y connaissent rien en informatique à Lochdubh.

– Certains se sont acheté un ordinateur quand ils ont voulu écrire des livres.

– *Aye*, mais ils se sont vite lassés et ont sombré dans la torpeur de la région. Voilà, je l'ai. Son mari a fait une chute dans l'escalier. Verdict : mort accidentelle.

– Ça, je le savais. Autre chose ?

– Apparemment, non.

– Qu'est-ce que vous avez sur Mrs Mavis Gillespie ?

– Attendez. Ah, j'ai quelque chose. L'année dernière, alors qu'elle faisait des courses à Strathbane, un chauffard est monté sur le trottoir et a failli la tuer. Elle a reculé juste à temps.

– Montrez-moi.

Terry orienta l'écran vers lui. Hamish regarda la date. L'incident avait eu lieu en août dernier alors qu'il était parti à la pêche pour les vacances. Mrs Gillespie attendait de pouvoir traverser au croisement de Glebe Street et de Thomson Street. Elle avait évité le chauffard de justesse. Elle avait eu un tel choc, avait-elle dit, qu'elle n'avait pas noté la marque du véhicule et se rappelait seulement que c'était une grosse voiture noire. Ne voyant pas qui aurait pu vouloir tuer Mrs Gillespie, la police avait conclu que le conducteur était sans doute en état d'ivresse.

– J'irai jeter un œil au rapport de police, marmonna Hamish.

– Ce n'est pas tout ! s'exclama Terry. En janvier dernier, elle assistait au concours de ball-trap de Moy Hall, à côté d'Inverness. Elle a entendu une balle siffler tout près d'elle. Elle l'a ratée de peu.

Hamish lut le compte rendu. La police n'avait rien fait, semblait-il.

– Il n'y a rien d'autre, dit Terry.

Voilà qui expliquait peut-être qu'elle ait voulu donner à Mrs Samson les documents ou autres éléments en sa possession, pensa Hamish.

Elle se sentait en danger. Elle voulait laisser des preuves au cas où il lui arriverait quelque chose.

5

« Je laisse de côté la gravité du péché,
Le risque du secret ;
Mais hélas ! Il endurcit tout au-dedans
Et pétrifie le sentiment ! »

Robert Burns

Hamish s'aperçut soudain qu'il n'avait pas vu Matthew Campbell, le journaliste local qui avait épousé l'institutrice de Lochdubh.

– Où est Matthew ? demanda-t-il à Elspeth.

– En vacances. Il sera furieux d'avoir raté ça.

– Mais nous non, hein, chérie ? dit Luke en embrassant Elspeth sur la joue.

– Bon, on s'y remet, dit Hamish à Terry avec un accent soudain plus marqué. Et le professeur Sander ?

Mais à part un entrefilet, qui remontait à deux ans, signalant que le professeur avait donné une conférence sur Byron au lycée de Braikie, il n'y avait rien. Le nom de Mrs Styles apparaissait dans plusieurs articles consacrés à la vie paroissiale, quant à Mrs Barret-Wilkinson, elle n'était mentionnée nulle part.

Hamish remercia Terry. En repartant, il s'arrêta près d'Elspeth.

– Je peux te parler seul à seule ?

– OK, on vient de terminer.

Ils sortirent.

– C'est ton mec ? lui dit Hamish, mais ses paroles furent balayées par le vent qui hurlait.

Sans se donner le mot, ils se précipitèrent dans le pub du coin.

– Quoi ? demanda Elspeth une fois à l'intérieur. Non, je n'ai pas le temps de prendre un verre. Qu'est-ce qu'il y a ?

– C'est ton mec ?

– En quoi ça te regarde ?

Hamish se sentit bête.

– Je me demandais, c'est tout.

– Compte pas sur moi pour te répondre, rétorqua Elspeth en ressortant aussitôt du pub.

Hamish aperçut Archie MacLean, le pêcheur, qui était assis à une table à côté du feu de tourbe.

Il commanda un tonic et se joignit à lui.

– Les femmes vous font des misères ? lui demanda Archie.

– Non, je suis sur une affaire qui me turlupine.

– Vous savez quoi, j'ai réfléchi. Au village, le

bruit court que la vieille Gillespie faisait du chantage, mais moi, j'ai ma petite idée.

– Mais encore ? dit Hamish.

Le rouge qui lui était monté au front en entendant les derniers mots d'Elspeth s'estompait peu à peu.

– Voilà. Ça n'a rien, mais alors rien à voir avec le chantage. C'est à cause du ménage.

– Le ménage ?

– *Aye*. Tenez, ma femme, par exemple. Elle range, elle récure, elle astique du matin au soir et je vais vous dire, Hamish Macbeth, des fois, j'ai des envies de meurtre.

Hamish regarda avec compassion Archie qui était serré dans son costume étriqué. On racontait que sa femme faisait même bouillir ses costumes à la machine et Archie dégageait en permanence une odeur oubliée de savon au phénol et de désinfectant.

– Ça nous arrive à tous d'avoir envie de tuer quelqu'un, mais ce n'est pas pour autant qu'on le fait.

– *Aye*, mais à force, tout ce briquage, cette flotte, ce savon, ça vous pousse un homme à bout.

Hamish décida de retourner voir Mr Gillespie. Mais en arrivant dans le lotissement, il vit que la police avait établi un périmètre de sécurité devant le jardin. Jimmy fumait une cigarette, planté devant le ruban.

– Qu'est-ce qui se passe ? demanda Hamish.

– On creuse dans le jardin pour voir si elle n'y aurait pas enterré une caisse avec des trucs dedans.

– Je me dis que Mrs Gillespie se savait en danger et que les véritables preuves se trouvaient dans le paquet qui a été remis à Mrs Samson, expliqua Hamish qui raconta à Jimmy comment Mrs Gillespie avait déjà échappé à deux tentatives d'assassinat. Les relevés de compte et le reste étaient dans le classeur que je vous ai donné.

Hamish alla ensuite chez Heather Gillespie, mais elle n'était pas là. Il décida se rendre à l'hôpital pour parler au docteur Renfrew. Peut-être Mrs Gillespie l'avait-elle fait chanter en le menaçant de révéler sa liaison présumée avec Mrs Fleming.

Il attendit le docteur Renfrew une bonne heure. Quand il le vit, Hamish fut étonné. Il s'attendait à trouver un bel homme. Mais c'était un petit rondouillard au crâne dégarni, avec des doigts boudinés, des lunettes à monture dorée et un air arrogant.

– J'espère que vous avez une bonne raison de me déranger, lui lança celui-ci.

– Avez-vous une liaison avec Mrs Fiona Fleming ? demanda Hamish de but en blanc.

– C'est scandaleux. Vous débarquez ici et…

– Répondez-moi, l'interrompit Hamish.

– Bien sûr que non. J'ai bien l'intention de vous poursuivre en diffamation.

– En ce cas, vous avez intérêt à poursuivre les trois quarts de la ville. Si je vous pose la question, c'est parce qu'il semblerait que Mrs Gillespie ait été une maître-chanteuse. S'en était-elle prise à vous ?

– Je n'ai rien à cacher. Je mène une vie irréprochable. Au revoir, monsieur l'agent !

Hamish quitta Braikie et s'enfonça dans les collines. Il gara la Land Rover et fit sortir Sonsie et Lugs pour les laisser courir dans la lande. Il s'assit sur un rocher plat qui dépassait de la bruyère et contempla Braikie. Il y avait tant de suspects. Le fait qu'il ne pouvait s'empêcher de comprendre le meurtrier le freinait dans sa réflexion. Mrs Gillespie était certes une vipère mais un meurtre était un meurtre. Il était possible que Mrs Samson soit encore en danger. Il appela Jimmy et lui demanda si sa sécurité était assurée.

– Elle est sous protection policière, répondit l'inspecteur. Où en êtes-vous ?

– Je crois que je vais faire un saut à l'université de Strathbane pour essayer de trouver quelque chose sur le professeur. Voir s'il n'y a pas quelqu'un qui se souvienne de lui. Ne dites rien à Blair, surtout.

L'université de Strathbane était un sinistre bâtiment stalinien construit dans les années cinquante, à l'époque où la plupart des architectes avaient une passion pour le béton. Des étudiants maladifs au teint cireux erraient dans ses couloirs. Hamish chercha le bureau de l'intendante. Mrs Pilkington était une femme grisonnante à l'air efficace.

– Je regarde son dossier, lui dit-elle aussitôt en allumant son ordinateur. Le professeur Sander est arrivé de l'université de Glasgow en 1992. Il a pris sa retraite il y a cinq ans.

– Pourquoi a-t-il quitté une grande université comme celle de Glasgow ?

– Je l'ignore.

– Y a-t-il quelqu'un ici qui soit susceptible de se souvenir de lui ? Quelqu'un avec qui il était ami ?

– Je suis nouvelle. Vous pourriez demander à ma prédécesseure, Mrs Black. Je vais vous donner son adresse.

Mrs Black habitait une petite ferme non loin de Strathbane, sur la route d'Ullapool.

Quand Hamish lui eut expliqué le but de sa visite, elle le pria d'entrer. Comme souvent dans la région, la fermette était minuscule, avec des dalles en pierre dans le salon. Mrs Black était une dame aux cheveux blancs d'allure énergique. On la sentait perspicace.

– Je vais faire du thé, lui dit-elle. Installez-vous au coin du feu.

Hamish regarda autour de lui tandis qu'elle s'empressait d'aller dans le coin cuisine, au fond de la pièce. Un joli tableau représentant un paysage trônait au-dessus de la cheminée et le moindre recoin était occupé par des étagères remplies de livres.

– Vous avez des moutons ? demanda-t-il.

– Oui, mais je vais tous les vendre à la prochaine foire aux moutons de Lairg. J'avais juste essayé une fois pour aider des amis fermiers. Mais c'est trop de corvée, ça n'en vaut pas la peine.

Elle apporta deux mugs de thé qu'elle posa sur une table basse devant le feu puis s'assit en face d'Hamish.

– Que voulez-vous savoir, au sujet du professeur Sander ?

– Est-il possible qu'on l'ait fait chanter ?

– Je ne pense pas. C'était un enquiquineur. Toujours là à se plaindre pour une raison ou pour une autre, prétendant que c'était mieux à Glasgow, jusqu'au jour où je lui ai rétorqué : « Vous n'avez qu'à y retourner ! » Il a arrêté de m'embêter, après ça.

– Il n'avait pas d'attirance particulière pour un ou une étudiante ?

– Non, rien de ce genre. Je crois qu'il ne les aimait pas. Ah, attendez, il y a bien eu quelque chose. J'ai failli oublier. Un jour, un type a débarqué et je l'ai entendu crier que Sander s'était approprié son travail. Le livre sur Byron. Mais il était sale, dépenaillé, je pense que c'était un drogué qui délirait. Personne ne l'a écouté et on ne l'a plus jamais revu.

– Si Sander s'est en effet approprié le travail de quelqu'un, ça pourrait être un motif de chantage, dit Hamish. C'est le seul livre qu'il ait jamais publié.

– Ce n'est pas facile à prouver, à moins de

retrouver le jeune homme. Ah, je sais, il est venu me voir d'abord, et j'ai noté son nom avant de l'envoyer au bureau de Sander.

– Où l'avez-vous noté ?

– Dans un bloc-notes que j'avais sur mon bureau.

– Vous ne l'auriez pas gardé, par hasard ?

– C'est possible. En ce cas, il est au grenier avec tous les papiers. Quand j'ai débarrassé mon bureau, j'ai tout entassé dans deux gros cartons.

– Je peux aller voir ?

– Oui, mais je vous laisse monter seul. Mes jambes ne sont plus ce qu'elles étaient.

Elle le conduisit dans le petit couloir et tira l'échelle escamotable. Hamish grimpa puis souleva la trappe. Il se hissa dans le grenier et se dirigea à quatre pattes vers deux cartons posés au milieu d'un fatras de vieux meubles et de bric-à-brac. Il les approcha de la trappe, se mit sur l'échelle, attrapa un des cartons, le descendit, puis alla chercher le second.

– Il vaut mieux que je regarde, dit Mrs Black. Je reconnaîtrai peut-être ce bloc-notes, à moins que je l'aie jeté. Posez les cartons sur la table qui est devant la fenêtre. Ça m'évitera d'avoir à me baisser.

Hamish s'exécuta et la regarda éplucher en détail le contenu des cartons en rongeant son frein. Son ventre gargouilla. Il rêvait d'un repas lourd et roboratif.

– Je crois que c'est ça, dit-elle enfin en sortant

un bloc-notes jaune, puis elle vint se rasseoir dans son fauteuil et le feuilleta. Oui, c'est bien ça. Sean Abercrombie pour le professeur Sander, 10 mars 1996. Ça me revient. Ce garçon était dans un état pitoyable, mais il était poli et disait qu'il était un ancien étudiant du professeur à l'université de Glasgow. J'ai même noté son adresse. Tenez. Je vais déchirer la feuille.

Hamish regarda l'adresse. 45 John Street, Inverness.

– Merci. Je vais remettre les cartons en place.

– Non, laissez-les. Puisqu'ils sont là, j'aimerais y jeter un œil. Appelez-moi pour me dire où vous en êtes.

Mrs Black le raccompagna.

Avant tout, il fallait absolument qu'il mange, se dit-il. Il se rappela avoir vu un fish and chips à la sortie de Strathbane. Il reprit la voiture et une fois sur place, étudia le menu. Il décida de faire l'impasse sur les spécialités locales comme les Mars-frites, les pizza-frites et autres délices qui font de l'Écosse une des régions où le taux de cholestérol est le plus élevé au monde et prit un haggis-frites pour lui, un boudin blanc-frites pour Lugs et un poisson pané-frites pour Sonsie.

Quand ils eurent fini de manger, la nuit commençait à tomber, mais il n'avait pas la patience d'attendre le lendemain pour retrouver Sean Abercrombie et décida de se rendre aussitôt à Inverness malgré la longue route qui l'attendait.

John Street était à proximité du canal. Le 45 correspondait à une des maisons coquettes qui avaient remplacé les tours.

Il sonna à la porte et un homme entre deux âges avec des cheveux blancs fournis vint lui ouvrir. Il portait une chemise à carreaux, un pantalon gris taché et des pantoufles.

– Je l'ai payée, votre contravention, fulmina-t-il. C'est du harcèlement policier, voilà ce que c'est !

– Je ne suis pas là pour ça, le rassura Hamish. Sean Abercrombie habite ici ?

– Non. Mon fils est mort.

– Je peux entrer ?

– Non.

– Qu'est-ce qui lui est arrivé ?

– Il est mort d'une overdose, ce petit crétin. Je me suis tué à la tâche pour lui offrir toutes les chances que je n'avais pas eues. C'était un élève brillant. Il a obtenu une bourse pour l'université de Glasgow. Et puis il a sombré dans la drogue.

– Apparemment, votre fils pensait qu'un certain professeur Sander s'était approprié son travail.

– Il passait son temps à délirer. Vers la fin, il sortait la nuit et appelait les aliens en criant vers le ciel : « Venez me chercher, je veux rentrer, l'expérience est terminée. » Ça me brisait le cœur.

– Il a laissé des papiers, des manuscrits ?

– Pour ça, oui. J'ai fait un grand tas et j'ai tout brûlé.

– Vous auriez une photo de lui à me prêter ? Je vous donnerai un reçu. Assez récente, de préférence.

– Pourquoi ça ?

– Il se peut que Sean ait dit vrai et que ce professeur se soit effectivement approprié son travail.

– C'est des foutaises, vous verrez. Ne bougez pas. Je vais vous chercher une photo.

Il ne tarda pas à revenir avec une photo. Hamish l'étudia à la lumière de l'entrée. Le garçon avait des cheveux noirs hérissés au gel qui partaient dans tous les sens. Des piercings aux oreilles et au nez. Il était habillé tout en noir et avait un sourire narquois vissé aux lèvres.

– Merci, lui dit Hamish en touchant sa casquette.

Bien, songea-t-il en rentrant à Lochdubh, demain je montre cette photo au professeur Sander et je vois comment il réagit.

Quand il arriva au poste de police, Elspeth l'attendait devant. Dès qu'il ouvrit la portière, elle fronça le nez.

– Tu as dévalisé un fish and chips ?

– Qu'est-ce que tu veux ? demanda Hamish en faisant le tour de la voiture pour ouvrir le hayon et lâcher ses deux compagnons.

Il lui en voulait encore d'être partie furieuse du pub en le plantant là.

– Bavarder un peu.

– Où est ton petit copain ?

Elspeth faillit lui répondre que Luke n'était pas son petit copain, mais elle se ravisa. Autant le laisser croire que d'autres hommes s'intéressaient à elle.

– Il se repose, dit-elle.

À l'intérieur, Hamish remplit les gamelles d'eau de Lugs et de Sonsie.

– Je ne peux rien te dire, Elspeth. Pas encore. Tu connais Blair. Il cherche toujours le moindre prétexte pour me causer des ennuis.

– J'ai des infos qui peuvent peut-être t'aider. Ou pas. Mrs Styles a l'air irréprochable, tout comme Mrs Wellington. Je ne trouve rien sur Mrs Barret-Wilkinson. On est allés la voir, avec Luke. La seule chose qui me paraît étrange, c'est pourquoi une femme divorcée – elle a dit qu'elle était divorcée…

– Ça m'avait échappé, dit Hamish en allumant le poêle. Parfois, j'oublie de poser les questions évidentes. Continue.

– Pourquoi une femme seule irait-elle s'enfermer dans ce trou perdu ? Elle s'absente de temps en temps – pour aller à Londres, d'après les gens du village –, mais, apparemment, elle n'a pas d'amis dans le Nord. Cela dit, elle a un caractère bien trempé et je vois mal comment Mrs Gillespie aurait pu l'intimider. Quant au professeur Sander, il est monté sur ses grands chevaux et nous a envoyés balader. Je ne le sens pas, ce type, il est glauque. La plus évidente, c'est Mrs Fleming. D'après la rumeur, elle a une liaison avec le docteur Renfrew. Il est riche. Peut-être qu'elle a l'intention de devenir la prochaine Mrs Renfrew. Peut-être qu'elle a poussé son mari dans l'escalier et que Mrs Gillespie a deviné ou découvert quelque chose. Aux yeux de ses employeurs, tu comprends, c'est une simple femme de ménage. Elle commence par s'attirer leurs bonnes grâces, et puis elle se met à fouiller dans les tiroirs, à lire les lettres. Il est peu probable qu'elle ait menacé Mrs Fleming de révéler sa liaison avec le docteur Renfrew, car tout le monde était au courant, semble-t-il.

– Mrs Fleming ne s'en rendait peut-être pas compte, objecta Hamish en jetant des plaques de tourbe sur le petit bois embrasé avant de reposer le couvercle en fonte sur le poêle.

Il se retourna vers Elspeth. Ses cheveux se remettaient à frisotter et ses yeux de bohémienne avaient des reflets argent. Il sentit pointer l'attirance insidieuse qu'elle exerçait sur lui.

– Je vais me changer et je t'invite à dîner, ça te dit ? lança-t-il soudain.

– Je ne peux pas, dit Elspeth. Luke m'attend. Et tu n'as pas vu l'heure ? Il est onze heures.

– Alors, file.

Le lendemain matin, Hamish décida de rendre visite à Mrs Samson avant de s'occuper du professeur. Il voulait lui faire comprendre que si jamais le paquet n'avait pas brûlé, elle était en danger de mort.

High Haven était un ancien hôtel qui avait été transformé en maison de retraite cinq ans auparavant. Ce genre d'endroits le déprimait. Ne seraient-ce que les murs, généralement rose ou bleu pastel comme dans une crèche.

Il demanda Mrs Samson à l'accueil. On lui dit qu'elle se reposait dans sa chambre et on appela une infirmière pour l'accompagner.

Dès qu'ils arrivèrent dans le couloir où se trouvait la chambre de Mrs Samson, Hamish remarqua qu'il n'y avait pas de policier en faction.

– Où est le policier ?

– Il a été rappelé au commissariat hier soir. Voilà la chambre de Mrs Samson, dit l'infirmière avant de frapper. Vous avez de la visite !

Il n'y eut pas de réponse.

– Elle doit dormir, dit-elle en ouvrant la porte.

Puis elle poussa un cri et porta la main à sa bouche.

La petite chambre était sens dessus dessous. Même le matelas avait été éventré.

Et au milieu du fouillis gisait le corps de Mrs Samson.

Hamish lui prit le pouls. Rien. Il sortit de la chambre et appela Jimmy.

Pendant qu'il attendait l'armada de la criminelle, il se demandait lequel des suspects avait été terrifié au point d'assassiner Mrs Samson. Certainement pas Mrs Fleming. En ce qui concernait son mari, l'enquête avait conclu à une mort accidentelle et ce n'était pas près de changer. Il était peu probable que l'on découvre la moindre preuve qu'elle l'ait tué. Et quant à sa liaison avec le docteur Renfrew, elle devait à présent savoir que tout le monde était au courant.

Lequel d'entre eux cachait un secret aussi dévastateur ? Le professeur ? Il se pouvait qu'il ait agi par simple vanité. À part ce livre sur Byron, il ne semblait pas avoir fait grand-chose de sa vie.

Il entendit les sirènes approcher et attendit que Blair déboule dans le couloir, suivi par Mr Beesley, le directeur de la maison de retraite.

Hamish leur expliqua brièvement ce qu'il avait découvert et dit qu'il soupçonnait le policier de faction d'avoir été éloigné à dessein.

Blair lança une bordée de jurons et s'écarta pour laisser la légiste faire son travail.

Hamish retourna à l'accueil pour demander à l'infirmière de garde de vérifier si Mrs Samson avait reçu des visites au cours des dernières vingt-quatre heures.

Elle regarda sur son ordinateur et lui fit signe que non.

Il sortit et tomba sur Jimmy.

– Bon sang, dit-il. On va avoir la presse sur le dos. Vous l'avez vue ? Comment est-elle morte ? Étranglée ? Rouée de coups ? Empoisonnée ?

– Je ne sais pas, dit Hamish. Elle avait le visage

paisible. La chambre a été saccagée. J'ai l'impression que celui ou celle qui a fait ça n'a pas retrouvé le paquet. Je suis sûr que c'est pour ça que la chambre a été fouillée. Peut-être qu'elle n'a pas été assassinée. Qu'on l'a simplement menacée et qu'elle a fait un infarctus.

Shona Fraser arriva. Jimmy nota avec amusement qu'Hamish prenait soudain une tête d'abruti.

– Qu'est-ce qui se passe ? demanda-t-elle.

– Il faut demander à Mr Blair, répondit Hamish. C'est une pointure. Il vous donnera tous les détails. Jimmy ?

Hamish le prit à l'écart et lui chuchota :

– Il vaut mieux que je retourne voir les suspects pour leur demander où ils se trouvaient. Je commence par le professeur.

– Allez-y. Moi j'attends ici et j'envoie des gars interroger les autres.

Le professeur Sander vint lui ouvrir et le fusilla du regard.

– La police m'a interrogé à plusieurs reprises sur mon emploi du temps. Si ça continue, je vais déposer plainte à l'inspection générale.

– Il y a du nouveau, expliqua Hamish. Mrs Samson, qui était amie avec Mrs Gillespie, a été retrouvée morte et sa chambre a été fouillée. Nous n'avons donc pas le choix, monsieur, nous devons retourner voir les gens pour leur demander où ils se trouvaient ces dernières vingt-quatre heures.

– J'étais ici, protesta le professeur avec agacement, je travaillais à mon livre. Enfin, pas tout le temps. Hier soir, je suis allé à Inverness voir un vieil ami, Mr Beresford. Nous avons dîné ensemble et je suis rentré tard, vers minuit.

Hamish sortit son carnet.

– Il me faut le numéro de téléphone de Mr Beresford et son adresse.

– Attendez.

Hamish patienta donc en sentant les premières morsures du froid. Le long hiver écossais ne tarderait pas. Un vol de corbeaux s'éleva en tournoyant vers le ciel dans un vacarme de croassements rauques. Un peu plus loin, un chien poussa des aboiements perçants puis se tut.

Le professeur revint et lui tendit un bout de papier.

– Tenez ! Bien, si vous avez fini…

– Pas tout à fait. Où étiez-vous ce matin ?

– Ici !

Hamish sortit la photo de Sean Abercrombie.

– Vous reconnaissez ce jeune homme ?

Le professeur la regarda rapidement.

– Non.

– Vous devriez, pourtant. Il y a quelques années de cela, quand vous étiez à l'université de Strathbane, il est venu vous voir en vous accusant d'avoir plagié son travail.

Le professeur Sander s'empourpra.

– Oh, ce petit imbécile. Il était fou à lier. J'ai dû appeler la sécurité pour m'en débarrasser.

– Et vous n'avez plus entendu parler de lui ? A-t-il essayé de vous contacter par la suite, vous a-t-il écrit ?

– Non. Et si vous le retrouvez, vous verrez que la drogue lui a grillé les neurones.

– Il est mort.

Hamish aurait juré qu'une lueur de soulagement avait traversé le regard du professeur.

– Ce sera tout pour aujourd'hui, dit-il.

– Je ne veux plus vous revoir, rétorqua le professeur en lui claquant la porte au nez.

Hamish avait faim et il était fatigué. Les policiers et les enquêteurs devaient faire le tour des suspects. Il téléphona à Jimmy.

– On sait comment elle est morte ?

– D'après le docteur Forsythe, ça ressemble à un infarctus. Blair l'a annoncé à la presse sans préciser que la chambre avait été saccagée. Ça devrait nous laisser un peu de répit.

Pas pour longtemps, songea Hamish. Il était probable qu'Elspeth était déjà en train de faire parler les proches et les amis du personnel.

– Je pense que le professeur est un suspect idéal, Jimmy. J'ai appris qu'un étudiant accusait Sander d'avoir plagié son travail. Il est mort, à présent. Overdose. Quand je l'ai dit au professeur, j'aurais juré qu'il était soulagé. Si l'étudiant, Sean Abercrombie, lui a écrit une lettre où il l'accuse et que Mrs Gillespie est tombée dessus, il se peut que Sander ait acheté son silence. Vous avez vérifié si les suspects ont effectué des retraits en liquide sur leurs comptes ?

– On est en train de le faire.

– Tenez-moi au courant. J'ai besoin de temps pour réfléchir. Dites à Blair que je suis sur quelques pistes.

6

« Le mariage est une étape si grave et si décisive qu'elle attire, par son horreur même, des girouettes et des têtes de linotte[1]. »

Robert Louis Stevenson

Hamish rentra à Lochdubh et alla directement voir Terry le Geek à la rédaction du journal.

Il trouva Terry les pieds sur son bureau, occupé à manger un sandwich crudités au pain complet accompagné d'un jus de pomme. Il sourit en voyant Hamish.

– Vous cherchez Elspeth ?

– Non, j'ai besoin de votre aide, Terry. Ce n'est pas vraiment réglo, mais je préférerais que vous veniez avec moi et qu'on fasse ça au poste.

– Cool.

1. Traduction de Laili Dor et Mélisande Fitzsimons.

Terry termina son sandwich et le suivit jusqu'au poste. Hamish alluma l'ordinateur du bureau.

– Voilà, pour commencer, je voudrais que vous accédiez au dossier de Mrs Gillespie et que vous me trouviez le rapport de la scientifique et le rapport d'autopsie.

– Ce ne serait pas plus simple de les demander ?

– Ça prendrait trop de temps et même si je les obtenais, Blair m'engueulerait et me dirait de me contenter de faire mon boulot.

– D'accord. Quoi d'autre ?

– Les enquêteurs ont dû demander au procureur l'autorisation de consulter les comptes bancaires des suspects. Vérifiez si ça a donné des résultats.

– Je m'en occupe.

Hamish ne voulait plus demander d'informations à Jimmy, car il savait qu'il serait forcé de lui servir un whisky et culpabilisait à l'idée de le laisser repartir en voiture à Strathbane avec un coup dans le nez.

Il décida d'aller voir Angela Brodie. Il lâcha Lugs et Sonsie et leur ordonna de ne pas le suivre. Il avait l'impression qu'Angela les avait assez vus.

Comme à son habitude, la femme du médecin était vissée devant son ordinateur, la mine renfrognée, au bout d'une table de cuisine encombrée.

– Vous ne pouvez pas vous trouver un bureau quelque part ? s'exclama Hamish. Comment voulez-vous vous concentrer au milieu des chats et de la vaisselle sale ?

– Asseyez-vous, Hamish. Je travaille mieux dans la cuisine. Un café ?

– Non merci.

Il n'était pas particulièrement obsédé par les microbes, mais le spectacle des chats d'Angela qui se prélassaient au milieu des restes du petit déjeuner le rebutait.

– Je vous dérange ? lui demanda-t-il.

Angela éteignit l'ordinateur en soupirant.

– Non, je suis contente de faire une pause. L'enquête avance ?

– Il y a trop de suspects et pas assez d'indices.

– Vous avez vu les relevés de compte de Mrs Gillespie ?

– Oui.

– Alors, c'était bien une maître-chanteuse ?

– Ce qui est sûr, c'est qu'elle avait bien plus d'argent sur son compte qu'elle ne pouvait en gagner. Elle effectuait régulièrement des dépôts de quelques centaines de livres. Pas de grosses sommes.

– J'ai entendu dire qu'elle était accro au bingo. Peut-être qu'elle avait tout bonnement de la chance ?

Hamish la regarda bouche bée.

– Et elle jouait où, au bingo ?

– À la salle paroissiale de l'église catholique de Braikie, le jeudi soir.

Hamish soupira.

– Il vaut mieux que j'y aille. Qui s'en occupe ?

– Demandez au curé, le père McNulty.

– J'y vais. Et merde. S'il s'avère que cette bonne femme avait tout simplement de la chance au bingo, ça élimine le mobile du meurtre et un paquet de suspects.

Hamish retourna au poste. Terry était encore attelé à la tâche.

– J'en ai pour un bout de temps, lança-t-il.

– Courage, lui répondit Hamish. Je dois aller à Braikie.

Il siffla Lugs et Sonsie, les embarqua dans la Land Rover et se mit en route pour Braikie.

L'église catholique de St Mary's était située dans une petite rue qui donnait sur la rue principale. C'était un édifice sans prétention flanqué de la salle paroissiale d'un côté et de l'autre, du presbytère.

Il frappa à la porte du presbytère. Le père McNulty vint lui ouvrir en personne. C'était un petit homme avec des lunettes à l'air constamment inquiet.

– C'est au sujet du bingo, lui dit Hamish.

– Encore, soupira le prêtre. Les presbytériens libres ont horreur des jeux d'argent, ils n'arrêtent pas de râler.

– Non, c'est autre chose.

– Entrez. J'allais prendre le thé.

Hamish le suivit dans un salon lugubre avec un

grand bureau encombré de tas de paperasses et des murs couverts de livres. Devant la cheminée se trouvait une table de bridge sur laquelle étaient posées une théière ventrue et une tasse avec sa soucoupe.

– Je vais vous chercher une tasse, dit le père McNulty.

Hamish attendit qu'il revienne avec impatience.

– Prenez une chaise et servez-vous, lui dit le curé. Bien, que voulez-vous savoir, au juste ?

– Mrs Gillespie gagnait-elle souvent au bingo ?

– La pauvre femme qui a été tuée ? Oui, ça lui arrivait. Elle avait de la chance.

– Les gains sont importants ?

– Les gens viennent nombreux. Ce ne sont pas de bien grosses sommes, de l'ordre de trois ou quatre cents livres, souvent.

– C'était une de vos paroissiennes ?

– Non, c'est rarement le cas, les soirs de bingo.

Hamish but une gorgée de thé et grimaça. Il était très noir.

– Voyez-vous, elle avait une somme anormalement élevée sur son compte. Je pensais qu'elle se livrait au chantage. Si elle a gagné cet argent au bingo, cette hypothèse tombe à l'eau. Les gains étaient-ils distribués en espèces ?

– Oui. Mais en ce cas, pourquoi son amie Mrs Samson aurait-elle été tuée ?

– Nous ne savons pas encore si elle a été tuée. Il semblerait qu'elle ait fait un infarctus. Mais vous avez raison. Sa chambre a été fouillée de fond en comble et le matin même du meurtre de Mrs Gillespie, elle avait récupéré un paquet que celle-ci lui avait laissé. De toute évidence, quelqu'un voulait à tout prix mettre la main sur ce qu'il contenait.

Le curé le regarda avec douceur.

– Peut-être que ce qui l'intéressait, c'était le pouvoir.

– C'est-à-dire ?

– Peut-être que le principal mobile n'était pas l'argent. Mrs Gillespie travaillait depuis longtemps comme femme de ménage. Et puis un jour, elle commence à fouiner un peu partout. Imaginez un peu ce que ça représente pour elle de mener par le bout du nez ses employeurs – ses riches employeurs. Elle leur demande un peu d'argent de temps en temps, oui, mais aussi des petites choses agaçantes. Elle veut qu'on l'emmène à Inverness, par exemple, et l'un d'eux doit tout laisser tomber pour l'accompagner. Ou alors, elle repère un bibelot et l'exige en sachant pertinemment que son propriétaire y tient énormément. Ce genre de choses. Personne n'aimait Mrs Gillespie, vous savez.

Hamish se souvint brusquement de Queenie Hendry. Tout ce que réclamait Mrs Gillespie, c'étaient des gâteaux à la crème. Il aurait dû s'étonner qu'elle n'exige pas davantage.

– Voyez-vous quelqu'un, parmi ses employeurs, qui ait déménagé ?

– Mrs Forest. Elle est partie habiter à Cnothan.

Hamish eut soudain une idée.
– Qui s'occupe du bingo ? C'est vous ?
– Non, c'est une des paroissiennes, Miss Creedy.
– J'aimerais lui parler.
– Elle travaille à la boutique de souvenirs de la rue principale. Pourquoi voulez-vous la voir ?
– Est-il possible que le bingo soit truqué ?
– Vous n'y pensez pas ! Miss Creedy est une femme respectable.
– Si vous saviez de quoi sont capables les femmes respectables quand on les fait chanter.

La devanture de Treasure Box, la boutique de souvenirs, débordait d'un bric-à-brac de torchons et de couvre-théières écossais, de presse-papiers et autres articles touristiques. Hamish se demanda comment la boutique survivait. Les touristes n'étaient pas nombreux, à Braikie. Les cartes postales rangées dans le présentoir à l'entrée étaient jaunies.

Hamish ouvrit la porte et entra. Il n'y avait pas un seul client.
– Miss Creedy ? demanda-t-il à la vendeuse.
– Oui. Qu'y a-t-il ?

Miss Creedy était très maigre. Elle portait deux vestes en laine superposées et une jupe en tweed. Il faisait froid dans la boutique. Elle avait un long visage quelconque et des yeux bruns anxieux. Ses cheveux teints étaient d'une improbable couleur dorée.

Hamish alla droit au but.

– Mrs Gillespie avait beaucoup de chance au bingo.

– Beaucoup de chance, oui.

– Ça ne vous semblait pas bizarre qu'elle gagne aussi souvent ?

– Non, pas du tout. Il y a des gens qui ont de la chance.

– Est-ce qu'elle vous faisait chanter ?

Miss Creedy recula d'un pas.

– C'est ridicule ! glapit-elle.

Hamish soupira.

– Nous pensons que Mrs Gillespie était une maître-chanteuse. Si elle savait quelque chose sur vous, nous le découvrirons tôt ou tard. Il vaudrait mieux que vous me le disiez tout de suite.

– Je n'ai rien à me reprocher ! s'écria-t-elle. Comment osez-vous suggérer une chose pareille ?

– Calmez-vous. Bon, dites-moi comment sont tirés les numéros. Il y a un boulier avec de petites boules numérotées ?

– Non, les numéros sont sur des petits papiers que le père McNulty plie puis ils sont mis dans une grande boîte. Je tire simplement les papiers et je lis les numéros.

– Combien y a-t-il de tirages à chaque soirée ?

– Six. On fait une pause pour les rafraîchissements au milieu de la soirée.

– Cela fait donc six boîtes de numéros.

– Non, une seulement. Après chaque tirage, je secoue la boîte.

– Je repasserai vous voir, lui dit Hamish.

C'était faisable, songea-t-il sur le chemin du retour. Miss Creedy pouvait tout à fait donner deux cartons de bingo à Mrs Gillespie avant le tirage. Elle avait peut-être deux boîtes, dont l'une contenait uniquement les numéros figurant sur le carton de Mrs Gillespie. Et après le tirage, elle présentait la boîte avec tous les numéros.

Son ventre émit un gargouillis et il eut brusquement envie d'un repas digne de ce nom. Il appela Terry au poste.

– Je n'en ai plus pour longtemps, dit Terry. J'y suis presque.

– Je vais manger un morceau chez l'Italien. Vous voulez venir ?

– Je préfère continuer. Allez-y, j'aurai fini quand vous reviendrez.

Lorsque Hamish entra dans le restaurant, ses compagnons sur les talons, il vit Elspeth et Luke attablés près de la fenêtre.

Sonsie et Lugs se dirigèrent nonchalamment vers les cuisines, sachant par expérience qu'ils seraient gâtés par le chef italien.

Hamish se trouvait puéril de ne pas aller saluer Elspeth et Luke, mais il choisit une table à côté des cuisines, la plus éloignée possible de la leur.

Elspeth lui fit signe de la main, mais il feignit de ne pas avoir remarqué.

– Ton petit copain te snobe, observa Luke.

– Ce n'est pas mon petit copain !

Luke lui prit la main.

– En ce cas, c'est un imbécile. Et si on se mariait, Elspeth ?

– C'est ça, oui.

– Je suis sérieux. Pourquoi pas ? On est tous les deux journalistes. On s'entend bien. Qu'est-ce que tu en dis ?

Elspeth prit l'air amusé.

– C'est fou ce que tu es vieux jeu, dit-elle. Moi qui pensais que de nos jours, les couples attendaient au moins dix ans avant de se marier.

Elspeth jeta un coup d'œil en biais à Hamish et un diablotin lui souffla la suite.

– Peut-être. Je vais réfléchir.

– « Peut-être ». Ça se fête ! Willie !

Willie Lamont, l'ancien policier devenu serveur, se précipita vers eux.

– Champagne, dit Luke.

– Qu'est-ce que vous fêtez ?

– Miss Grant va « peut-être » m'épouser.

Hamish sentit un poids lourd comme du plomb lui tomber sur l'estomac.

Lucia, la belle épouse italienne de Willie, sortit des cuisines pour les féliciter.

– C'est une blague, protesta désespérément Elspeth, mais Willie arriva avec le champagne.

À la consternation de Luke, Willie qui avait énergiquement secoué la bouteille dans les cuisines la déboucha triomphalement en aspergeant toute la salle.

– Ça va pas non ! cria Luke.

– C'est comme ça qu'ils font au Mans, expliqua Willie.

– On n'est pas au Mans ! beugla Luke en attrapant sa serviette pour tamponner les éclaboussures de champagne qui tachaient son costume.

Lucia s'empressa d'aller chercher une bouteille qui n'avait pas été secouée.

– C'est la maison qui vous l'offre, dit-elle. Je vous souhaite beaucoup de bonheur.

– Donnez-en au flic, dit Luke.

Mais quand ils se tournèrent vers le fond de la salle, Hamish Macbeth était parti.

Hamish roula sans s'arrêter jusqu'à Cnothan sous un ciel de plus en plus sombre qui s'accordait à son humeur. Des nuages noirs venus de l'ouest s'amoncelaient peu à peu.

Il n'en avait rien à faire, se disait-il rageusement. Si Elspeth voulait épouser ce journaliste débauché, grand bien lui fasse. Son ventre gargouilla de nouveau tristement.

Le chien et la chatte repus dormaient paisiblement à l'arrière.

Cnothan était le village de son secteur qu'il aimait le moins. Il avait toujours trouvé que c'était un bourg revêche et peu accueillant. Après avoir demandé autour de lui, il apprit que Mrs Forest habitait un cottage qui donnait sur les eaux sombres du loch artificiel construit par la compagnie hydro-électrique.

Comme tous ceux qui bordaient le loch, son cottage était un des rares vestiges de l'ancien village aujourd'hui englouti.

Peut-être les villageois d'autrefois étaient-ils chaleureux et enjoués, songea Hamish. Combien étaient-ils à être restés dans le nouveau village ? C'était si étrange de penser que des ruines de maisons gisaient dans les profondeurs obscures.

Il frappa chez Mrs Forest et attendit. Il s'apprêtait à s'en aller quand la porte s'ouvrit et une vieille dame courbée leva les yeux sur la haute silhouette de l'agent.

Affolée, elle porta à son cœur une main tavelée et écarquilla ses yeux usés par l'âge.

– Il n'y a rien de grave, la rassura Hamish. J'ai juste quelques questions à vous poser à propos de Mrs Gillespie.

– Entrez donc.

Elle s'effaça pour le laisser passer puis referma la porte.

– C'est à gauche, dit-elle.

Hamish pénétra dans une pièce basse de plafond. Elle prit place dans un fauteuil au coin du feu et lui indiqua l'autre. Hamish s'assit et mit sa casquette entre ses genoux.

– J'ai cru comprendre que Mrs Gillespie avait travaillé chez vous.

– Cela n'a pas duré longtemps. Si je suis venue m'installer ici, c'était avant tout pour m'éloigner d'elle.

– Pour quelle raison ?

Elle s'étreignit les mains.

– Je suis obligée de répondre ?

– Je ferai en sorte que ça reste confidentiel. Elle vous faisait chanter, n'est-ce pas ?

– Oui, on peut dire ça comme ça.

– Racontez-moi.

– J'étais à Glasgow durant la guerre. Je suis tombée enceinte d'un soldat américain. C'était un garçon adorable, mais il a été tué au front. En ce temps-là, on considérait que c'était un péché. Mes parents m'ont expédiée dans un foyer pour filles mères. Mon petit garçon a été adopté, mais à l'époque, j'ai été forcée de rester au foyer pour faire la lessive, le ménage, ce genre de corvées. C'était inhumain. Un jour, je me suis enfuie avec deux autres femmes, nous sommes allées tout raconter à un journal. L'histoire a fait la une et le foyer a été fermé. J'ai gardé la coupure du journal et la Gillespie est tombée dessus. J'avais une petite collection de figurines chinoises. Elle les a réclamées en disant que si je ne les lui donnais pas elle révélerait mon secret à tout le monde. J'adorais ces figurines. Je lui ai dit que j'allais porter plainte à la police. Elle a paniqué et m'a assuré qu'elle plaisantait.

Je l'ai renvoyée en lui disant que si j'entendais la moindre allusion à ce sujet à Braikie, je porterais plainte. Après ça, elle ne m'a plus embêtée, mais la seule vue de cette bonne femme me donnait la nausée, alors j'ai vendu et je suis venue m'installer ici. Est-ce que ça sera rendu public ?

– Non, répondit Hamish. Je vous le promets. Il n'en reste pas moins qu'il y a eu un meurtre. Je ne vois pas comment vous auriez eu la force de lui défoncer le crâne à coups de seau, mais avez-vous la moindre idée de qui ça peut-être ?

– Non, aucune. Mais pour être honnête, si je le savais, je crois que je ne vous le dirais pas. Elle n'a eu que ce qu'elle méritait.

En sortant de chez elle, Hamish trouva un pub dans la rue principale et commanda une tourte à l'agneau et des frites. Un journal oublié sur la table était ouvert à la page d'un article sur la malbouffe.

Il accompagna la tourte d'un thé très noir en se promettant de manger plus de fruits et de légumes. Une fois son repas terminé, il rentra à Lochdubh en espérant que les recherches de Terry auraient donné quelque chose.

Terry n'était plus au poste, mais une pile bien nette de documents imprimés était posée à côté de l'ordinateur.

Hamish donna à boire à Sonsie et à Lugs et entreprit de les lire. D'après le rapport de la scientifique, il n'y avait aucune empreinte sur l'anse du seau : elle avait été essuyée. C'était tout. Pas de traces de pneus, pas de cheveux, pas de fils de tissu, rien. Ça ne l'étonnait pas. Il revoyait le moment où les voitures de police étaient arrivées. Lorsqu'il avait montré les indices d'une lutte dans le gravier, Blair n'en avait tenu aucun compte et avait tout piétiné avec ses grosses bottes. Le rapport d'autopsie était conforme à ses attentes. Sa mort avait été causée par un violent coup à la tête qui lui avait fracassé le crâne.

Il n'y avait pas encore de rapport d'autopsie pour Mrs Samson. Il se plongea dans les divers interrogatoires des suspects. Il soupira. Ils ne contenaient rien qu'il ne sache déjà.

Dehors, il faisait nuit et le vent murmurait. Il se renversa dans son fauteuil.

Au moins, le profil de Mrs Gillespie commençait à se dessiner. C'était la soif de pouvoir plus que l'argent qui l'incitait à pratiquer le chantage. Ce devait être un tel plaisir pour elle d'obtenir quelque chose d'aussi simple que des gâteaux à la crème gratuits !

Puis il repensa à Elspeth. Allait-elle vraiment épouser ce journaliste ? Quelle importance, après tout. Il songea tristement qu'il avait eu amplement le temps de la demander lui-même en mariage. N'était-il pas un peu mesquin ?

Il écouta son répondeur. Il était peu probable que Blair lui ait laissé un message. Il était tellement bouffi d'orgueil à la perspective d'un documentaire sur lui, qu'il ferait tout pour le tenir à l'écart. Il y en avait un bref de Jimmy : « On n'arrive à rien, Hamish. Vous avez des idées ? Vous avez découvert quelque chose ? »

Puis il y en avait un autre, de Priscilla Halburton-Smythe, cette fois. « J'ai appris qu'il y avait eu un meurtre, Hamish. Ça fait un temps fou que je n'ai pas eu de tes nouvelles. Comment vas-tu ? Si tu as un moment, appelle-moi. »

Je ne vais pas remettre ça, se dit Hamish. Quand j'ai cru qu'elle revenait vivre ici, j'étais heureux comme tout, mais elle n'est restée que peu de temps et je l'ai à peine vue. Il refoula l'insidieuse nostalgie qui le gagnait dès qu'il pensait à elle. Il s'aperçut que le message suivant était de Shona Fraser. « On laisse tomber le projet d'un documentaire sur l'inspecteur-chef Blair. J'ai fait des recherches sur vous et je suppose que vous avez fait l'idiot pour éviter de passer à la télé. Mais j'ai découvert quelque chose d'intéressant. Je passerai au poste à vingt et une heures et je vous filerai l'info. »

Et zut, se dit Hamish. Maintenant qu'on le privait de gloire, Blair serait d'une humeur massacrante et ne tarderait pas à appeler pour déverser son amertume sur sa personne.

Hamish tapa un rapport détaillant tout ce qu'il avait appris ce jour-là, y compris le fait qu'à son avis, Mrs Gillespie cherchait le pouvoir et non l'argent et s'était peut-être arrangée pour gagner au bingo en faisant chanter Miss Creedy. Ce qui pouvait expliquer qu'il n'y ait jamais eu de gros retraits sur les comptes des suspects. Puis il l'envoya à Jimmy.

Il regarda la pendule. Dix-neuf heures trente. Il alla promener Sonsie et Lugs, puis retourna au poste, sortit un ragoût de gibier du congélateur, le fit réchauffer et le partagea à égalité avec eux.

Il alla dans son salon et fit un feu. Il alluma la télévision et zappa jusqu'à ce qu'il tombe sur une série policière où les enquêtes étaient menées par des experts de la police scientifique. Il s'étonnait que les experts en question puissent se balader sur les scènes de crime sans la moindre tenue de protection, semant allègrement leurs cheveux longs et leur ADN et marchant autour des corps sans surchaussures, quand d'un seul coup, il s'endormit.

Il se réveilla en sursaut et regarda sa montre. Vingt-deux heures. Il se dit que Shona était peut-être passée et qu'il ne l'avait pas entendue. Mais il savait par expérience que même s'il dormait à poings fermés, il se réveillait systématiquement quand on frappait à la porte.

Il s'étira en bâillant. Peut-être avait-elle changé d'avis.

Archie MacLean avala un fond de thé très noir et monta sur le pont. Le pêcheur était en survêtement sous son ciré. Il gardait des affaires à bord, car sa femme qui le menait à la baguette estimait qu'il devait prendre la mer en costume-cravate. « Tu es le capitaine, répétait-elle, tu as un rôle à tenir. »

Le *Sally Jane* tanguait sur les vagues de plus en plus hautes à mesure qu'il approchait de l'embouchure du loch pour aborder l'Atlantique.

Les nuages menaçants s'étaient dissipés et la pleine lune brillait dans le ciel.

Ils étaient presque à l'embouchure quand Archie, qui s'apprêtait à rejoindre la timonerie pour prendre la relève, aperçut une barque sur la crête d'une vague. C'était un miracle qu'elle n'ait pas chaviré. Il se précipita dans la timonerie et lança à Harry, son second :

– Il y a une petite barque là-bas. Ralentis, histoire de vérifier.

Harry réduisit le régime du moteur. Archie décrocha des jumelles puis poussa un cri d'alarme.

– Il y a une fille au fond. Accoste.

Il se rua vers le bastingage et cria aux trois autres hommes qui constituaient son maigre équipage :

– Prenez une gaffe et tirez-le.

Avec les vagues qui ballottaient le *Sally Jane*, ce ne fut pas une mince affaire.

– Une lampe, vite ! cria Archie.

On accrocha la barque avec la gaffe. Archie braqua le faisceau puissant d'une lampe dans l'embarcation et vit une jeune fille qui gisait au fond, couchée sur le ventre.

– On peut faire une croix sur la pêche, cette nuit, lança Archie. Elle a la tête en sang. J'appelle Macbeth.

Hamish Macbeth attendait sur la jetée le retour du bateau de pêche. Les sirènes de police résonnaient au loin.

Il portait la combinaison bleue que tous les policiers étaient désormais obligés de mettre pour inspecter une scène de crime. Il s'en voulait. Il l'avait mise pour nettoyer l'enclos des poules un jour de pluie. Elle était ensuite tombée du crochet de la porte de la cuisine et Sonsie avait dormi dessus.

Il songea piteusement aux séries policières qu'il avait pu voir à la télévision. « Ah, j'ai un cheveu ! » déclarait triomphalement l'expert de la police scientifique. Dieu sait ce qu'ils découvriraient si jamais il leur prenait l'envie d'examiner sa combinaison.

Les sirènes approchaient. Les lumières s'allumaient dans les cottages qui bordaient le loch.

Dans sa chambre d'hôtel, Elspeth se réveilla en sursaut. Elle entendit des voitures de police foncer vers Lochdubh, sirènes hurlantes. Elle se précipita hors de sa chambre et tambourina à la porte de Luke.

Il lui ouvrit et la regarda d'un air vaseux. Il avait les yeux injectés de sang et empestait l'alcool.

– J'ai entendu passer une armada de voitures de police, dit-elle. Vite. Habille-toi !

Luke gémit. Après avoir vainement essayé toute la soirée d'attirer Elspeth dans son lit, il avait noyé sa déception dans le whisky.

– Vas-y, marmonna-t-il. Je te rejoins.

– Mais on n'a qu'une voiture !

– Je réveillerai quelqu'un de l'hôtel et j'en emprunterai une.

Luke referma la porte de sa chambre. Encore cinq minutes de sommeil, se dit-il. Il s'écroula à plat ventre sur le lit et ne se réveilla qu'au matin.

Le bateau de pêche approchait. Jimmy frissonna.

– Archie a dit qui c'était ? demanda-t-il à Hamish.

– Il a juste parlé d'une fille. Je crois savoir qui c'est mais j'espère me tromper, soupira-t-il.

– Mais encore ?

– Shona Fraser. Elle m'a laissé un message tout à l'heure, disant qu'elle avait quelque chose à me dire. Elle devait passer au poste, mais elle n'est jamais venue.

Une enquêteuse attendait, flanquée d'une policière.

– Regardez-moi ça, maugréa Jimmy. Je n'en peux plus du politiquement correct. La police écossaise sera bientôt uniquement peuplée de bonnes femmes.

– Si c'est Shona, murmura Hamish, je me demande bien ce qu'elle a pu trouver qui m'a échappé.

– Aucune idée. Ça ne serait pas étonnant que Blair ait fait le coup. Il était fou de rage quand il a appris que le documentaire était annulé.

– Où est-ce qu'il est, ce vieil emmerdeur ?

– Probablement en train de cuver. Attention, ça va chauffer !

Hamish s'avança.

– Vous ! Macbeth ! aboya l'inspectrice Mary Gannon. Allez faire du porte-à-porte pour voir si quelqu'un a entendu quelque chose.

Hamish s'éloigna en traînant les pieds. Malheureusement, se disait-il, l'hôtel du port était fermé depuis des années. Le pub d'à côté n'ouvrait que jusqu'à vingt-trois heures et aucun cottage ne donnait directement sur le port.

Il y avait de la lumière dans l'épicerie de Patel. Patel était l'incarnation même du commerçant indien. Il savait qu'une telle affluence, même au milieu de la nuit, lui assurerait des ventes substantielles de sandwichs et de café chaud.

Hamish poussa la porte et entra. Mr Patel apportait une assiette de sandwichs de la cuisine qui se trouvait à l'arrière.

– Qu'est-ce qui se passe, Hamish ?

– Un corps dans une barque. Archie l'a récupéré en partant pêcher. Vous n'auriez pas vu quelqu'un ? Du côté du port, ou se dirigeant vers le poste ? C'est une jeune fille. Je vois mal l'agresseur se coltiner un cadavre pour le balancer dans une barque et l'entraîner vers le large. À mon avis, la fille a été frappée par-derrière si violemment que ça l'a tuée. Puis on l'a fait basculer par-dessus la digue mais elle est tombée dans une des barques. Le meurtrier est descendu de la digue, mais peut-être qu'il a entendu quelqu'un arriver et a coupé l'amarre pour que la barque parte à la dérive. La marée devait descendre.

– Je n'ai vu personne, Hamish. Un café ? Je viens d'en faire.

Hamish ouvrit la porte du magasin et jeta un œil dehors. Mary Gannon était adepte du ratissage systématique. Des policiers frappaient aux portes de toutes les maisons qui bordaient le loch.

Où était la voiture de Shona ? Si tant est que la victime soit bien Shona.

Puis il la reconnut. Elle était garée non loin du poste de police. Son cœur se serra. Dormait-il si profondément qu'il ne l'avait pas entendue toquer à la porte ?

La voiture était dans l'ombre, entre deux réverbères, il sortit sa lampe torche, balaya le sol tout autour et vit un démonte-pneu qui traînait là.

Hamish l'attrapa avec précaution avec des gants et rejoignit Mary Gannon qui dirigeait les opérations.

– J'ai trouvé ça, chef. Il y a du sang à l'extrémité, je pense que c'est l'arme du crime. C'était à côté de la voiture de Shona Fraser, la documentaliste de la télévision. Elle m'a laissé un message tout à l'heure me disant qu'elle passerait ce soir car elle avait des informations pour moi. Shona Fraser était chargée de faire des recherches pour un documentaire sur l'inspecteur-chef Blair. Tiens, le voilà, d'ailleurs.

– Allez chercher un sac au fourgon de la scientifique et mettez ça sous scellés.

– Oui, chef.

Alors qu'il s'éloignait, il entendit Blair déclarer :

– C'est moi qui commande, ici.

– Tout est sous contrôle, rétorqua Mary d'un ton glacial.

– C'est un travail d'enquêteur et vous n'êtes pas enquêteuse.

– Mettriez-vous en doute mes compétences ?

– *Och*, non, ma jolie. Mais maintenant, du balai. Allez prendre un thé ou autre chose.

– Je vous interdis de me parler sur ce ton !

– Écoutez-moi bien, la vieille harpie, maintenant on arrête de grimper aux rideaux et on obéit. Le jour où les excitées de la foufoune dirigeront la police, on sera foutus.

Mary se tourna aussitôt vers son sergent, qui n'avait pas perdu une miette de l'échange.

– Vous avez tout entendu ? Allez me faire un rapport et je le transmettrai demain matin au commissaire Daviot.

De loin, Hamish entendit Blair qui n'en menait pas large la supplier et essayer de l'amadouer.

Après avoir déposé le démonte-pneu, il revint et tomba sur Elspeth.

– Qu'est-ce qui s'est passé, Hamish ?

– Je ne peux rien te dire devant mes supérieurs. Là-bas, c'est l'inspectrice Gannon. Il faut aller lui demander.

Hamish retourna à la voiture et reprit ses recherches. Puis il braqua sa lampe torche à l'intérieur. Il y avait un sac à main sur le siège passager.

Mary Gannon arriva derrière lui.

– C'est sa voiture ?

– Oui.

– Regardez si elle est fermée.

Hamish essaya la portière du côté passager, qui s'ouvrit.

– Les clés sont sur le contact, dit-il.

– Apportez le sac à main au poste, on le fouillera là-bas. Je vais demander à l'équipe de la scientifique de remorquer la voiture pour l'examiner. Je vous rejoins tout de suite. Attendez que je sois là pour ouvrir le sac.

Hamish retourna au poste. Il enleva la combinaison, la suspendit à un crochet derrière la porte et fit du feu. Il mit de l'eau à chauffer pour préparer du café et posa sur la table le sucre, le lait, deux tasses et une assiette de shortbreads.

Le café était tout juste prêt lorsque la porte s'ouvrit et Mary entra. Elle aurait semblé maternelle, si elle n'avait pas eu l'air aussi sévère. Elle avait le visage plein, des yeux marron et une silhouette imposante. Elle enleva sa casquette et se frotta les yeux.

– Je suis épuisée, soupira-t-elle.

– Un café ?

– Oui, noir, sans sucre.

Hamish s'aperçut alors qu'elle écarquillait les yeux

et s'apprêtait à saisir la bombe de gaz lacrymogène accrochée à sa ceinture. Il se retourna. Sonsie était assise par terre, ses yeux jaunes fixés sur elle.

– Non ! s'écria-t-il. C'est ma chatte. Sonsie, retourne te coucher.

La chatte s'éloigna mollement.

– C'est une chatte sauvage, protesta Mary d'un ton accusateur.

– Elle est tout à fait domestiquée, la rassura Hamish. Et puis, ils sont tous mélangés, maintenant. Il ne doit plus y avoir un seul chat sauvage dans les Highlands.

Lugs entra, posa ses étranges yeux bleus sur Mary et ressortit.

– Vous avez toute une ménagerie, au poste ?

– Non, non, répondit Hamish en servant le café. Juste ces deux-là.

– Bon, passons aux choses sérieuses. Je peux prendre un shortbread ?

– Allez-y.

Mary essaya de le croquer.

– Il est dur comme de la pierre.

Hamish rougit.

– C'est Mrs Brodie qui les a faits, une amie à moi. Elle n'est pas très douée en cuisine.

– Bon. Il nous faut des gants neufs.

Hamish alla chercher un paquet de gants en latex dans un placard du bureau.

Ils en enfilèrent tous les deux et Mary ouvrit le sac.

– Passez-moi du papier vierge pour que je le vide.

Hamish revint avec des feuilles de papier à imprimante. Mary versa avec précaution le contenu du sac dessus.

Il y avait le fouillis habituel que l'on trouve dans les sacs des femmes : des clés de domicile, un portefeuille, un permis de conduire, deux stylos, un peigne, du rouge à lèvres, des chewing-gums à la menthe forte, un paquet de mouchoirs, un carnet d'adresses, un calepin, une boucle d'oreille et une invitation pour l'ouverture d'un nouveau restaurant de Strathbane.

Mary regarda le permis de conduire.

– Oui, c'est bien Shona Fraser. Prenez le carnet d'adresses, je m'occupe du calepin. Mais d'abord, allez fermer la porte.

Hamish haussa un sourcil.

– Je ne veux pas être interrompue, dit-elle. Allez !

Hamish ferma la porte à clé et revint à la table.

– C'est en sténo, se lamenta Mary. Les abréviations, je connais, mais pas la sténo.

– Passez-le-moi, dit Hamish.

Il parcourut rapidement le calepin. Au début, il y avait des notes enthousiastes sur le projet de documentaire, puis des commentaires du genre « Je ne pense pas que Macbeth soit aussi bête qu'il veut me le faire croire. Mais ce qui est sûr, c'est que Blair est un abruti ».

Hamish alla directement à la fin.

J'ai décidé de rendre visite à des suspects de mon côté pour voir si on pourrait faire un documentaire sur le meurtre. Je n'en reviens pas. Il faut que je parle à Macbeth..., lut-il. C'était tout. Hamish réfléchit et se dit : Elle a dû être tuée en sortant de sa voiture. Elle était toute menue. Elle a été traînée jusqu'à la digue et jetée par-dessus. Mais c'était marée haute, les trois barques qui sont amarrées au pied de la digue, juste en face de l'endroit où elle était garée, devaient être à flot. Le corps atterrit dans l'une d'elles. Notre meurtrier descend de la digue, entend du bruit au-dessus, et craignant qu'on le découvre avec un cadavre, coupe l'amarre et pousse la barque vers le large. Si Archie n'avait pas repéré la barque, elle aurait été entraînée vers le large à la marée descendante, aurait chaviré et on n'aurait peut-être jamais retrouvé le corps.

Hamish sursauta en entendant soudain tambouriner à la porte. Puis la voix de Blair retentit :

– Si vous êtes là, espèce de feignasse, vous avez intérêt à sortir !

Ils restèrent silencieux jusqu'à ce qu'il s'éloigne.

– Voyez-vous, lui déclara Mary d'un ton pensif en le dévisageant, on m'a dit beaucoup de choses sur vous, que vous ne vouliez pas de promotion, tout ça. Je n'y croyais pas. Tout le monde a de l'ambition. Mais maintenant, je vous comprends. Mon mari a une affaire qui marche bien, je n'ai pas besoin de travailler. Quand j'entends Blair brailler à longueur de temps, je me dis que c'est insupportable. J'en ai assez d'être tirée du lit au milieu de la nuit par un coup de téléphone. Des remarques désagréables sur les femmes dans la police. Des mauvaises surprises dans mon casier. Je boucle cette affaire, et je m'en vais. Il vaut mieux que je retourne sur la scène de crime pour donner ça à la scientifique. Vous avez un sac à scellés ?

Hamish acquiesça d'un signe de tête, alla dans le bureau et en rapporta un de grand format. Mary y glissa le sac à main dans lequel elle avait remis le carnet d'adresses et le calepin et Hamish le scella.

– L'enterrement de Mrs Gillespie est à onze heures, dit Mary en se levant. Ce serait bien que vous y assistiez. C'est à St Mary's. Regardez ceux qui sont là, et après, mettez-vous en civil en vous arrangeant pour dissimuler cette tignasse et prenez le professeur en filature. N'y allez pas trop tôt, parce qu'on l'interroge le matin. Les policiers et les enquêteurs se chargeront d'interroger les autres suspects. Nous rendrons visite à cette Miss Creedy dont vous parlez dans votre rapport, pour voir si on peut lui faire avouer qu'elle a truqué le bingo. J'ai récupéré une copie de votre rapport ce soir avant de partir et je l'ai lu en chemin. Allez dormir. Je dirai à Blair que je vous ai envoyé quelque part.

Hamish la raccompagna et referma la porte à clé derrière elle. Si seulement Blair pouvait être remplacé par quelqu'un comme elle, songea-t-il avant d'aller se coucher.

7

« Si vous voulez conquérir une belle,
Faites-lui comprendre
Qu'elle n'est pas unique au monde. »

Harry Braisted

Hamish s'était dit qu'une femme comme Mavis Gillespie ne pouvait qu'être enterrée sous un ciel noir et menaçant. Mais le soleil brillait et les oiseaux gazouillaient dans les arbres qui entouraient St Mary's. Sa belle-fille Heather était là avec son père. Il n'y avait personne d'autre. Pas même ces petits vieux qui adorent assister aux obsèques à l'église.

Le père McNulty fit de son mieux. Hamish, Heather et Mr Gillespie chantèrent les cantiques et écoutèrent l'office sans verser une larme. Puis ils suivirent le cercueil jusqu'au cimetière communal où elle fut enterrée.

– Voilà qui est fait, dit Heather. On va pouvoir reprendre le cours de notre vie. Allez, viens, papa.

– Un instant, je vous prie, intervint Hamish. Vous ne voyez vraiment pas qui aurait pu tuer Mrs Gillespie ?

– Je n'en ai aucune idée, dit Heather. Il faut que je ramène papa. Il n'est pas bien.

Hamish retourna au poste, devant lequel une antenne de police mobile avait été installée. Ça grouillait de journalistes et d'équipes de télévision. Esquivant les questions, il entra dans le poste, passa un pull et un jean et se couvrit la tête d'un bonnet en laine noir.

Puis il franchit de nouveau le barrage de questions, monta dans la Land Rover et fila chez Angela Brodie.

– Qu'est-ce qu'il y a, Hamish ?

– J'ai deux services à vous demander. Est-ce que je peux vous emprunter votre voiture ? Je dois prendre quelqu'un en filature et pour ça, j'ai besoin de me faire discret.

– D'accord. Je ne bouge pas d'ici, aujourd'hui. La pauvre petite ! C'est horrible, ce qui lui est arrivé. J'ai été interrogée cinq fois depuis hier soir. C'est vraiment mal coordonné. Et qu'est-ce que vous vouliez me demander d'autre ? Ah, je sais. Vos monstres.

– Vous n'êtes pas obligée de les prendre chez vous, parlementa Hamish. Je leur ai laissé à manger sur la table de la cuisine et il faut juste les nourrir et les sortir.

– Hamish !

– Je sais, je sais. Mais promis, une fois qu'on aura bouclé cette affaire, vous ne les verrez plus.
– C'est la dernière fois.
– Bon, je dois y aller, Angela.
– Attendez ! Vous oubliez les clés de ma voiture.

Hamish gara la petite Ford Escort d'Angela au fond de l'impasse où habitait le professeur et patienta. Il se demandait si l'inspectrice espérait réellement qu'il découvre quelque chose ou si elle savait mieux s'y prendre que Blair pour l'écarter de l'affaire. Et imaginait-elle combien il est difficile de filer un suspect sur les routes souvent désertes des Highlands ?

La matinée s'écoula lentement. Hamish avait emporté une thermos de café et des sandwichs au poulet, et il s'apprêtait à déjeuner de bonne heure quand la voiture du professeur sortit en marche arrière de l'allée.

Hamish attendit qu'il soit passé, puis il sortit de l'impasse et suivit le professeur d'aussi loin que possible.

Le professeur Sander se gara dans la rue principale et descendit de voiture. Hamish se rangea entre deux véhicules et l'observa. Le professeur entra chez le boucher et ressortit avec un sac. Puis il alla chez le marchand de fruits et légumes. Hamish attendit sombrement que le professeur ait fait le tour des magasins. Quand il rangea ses courses dans le coffre et s'en alla, Hamish reprit la filature. Le professeur rentra chez lui.

Hamish se gara à l'entrée de l'impasse. Il but du café, mangea des sandwichs et attendit avec morosité. Le temps était radieux, seuls de petits lambeaux de nuages filaient dans le ciel bleu pâle. Il commençait à avoir sommeil. Il n'avait pas beaucoup dormi la veille. Ses paupières tombèrent et il se mit à ronfler légèrement. Il rêva qu'il poursuivait une silhouette noire dans la bruyère. Il s'apprêtait à rattraper l'inconnu quand celui-ci se retourna, révélant le visage de l'inspecteur-chef Blair.

Hamish se réveilla en sursaut. Avait-il raté le professeur ? Il s'extirpa de la petite voiture d'Angela et alla voir au fond de l'impasse. La voiture du professeur n'était plus dans l'allée.

Hamish se précipita vers la Ford et traversa Braikie en essayant de repérer sa voiture parmi toutes celles qui étaient garées, puis il sortit de Braikie. Le professeur conduisait une BMW noire. Hamish arriva à l'embranchement des routes de Strathbane et de Lochdubh. Il prit la direction de Strathbane.

Au sommet d'une côte, il déboucha sur la longue ligne droite qui descendait à flanc de colline jusqu'à Strathbane et aperçut au loin une voiture noire. Il monta à cent quarante-cinq kilomètres-heure en espérant que la Ford tiendrait.

Il freina juste avant d'arriver au panneau indiquant que la vitesse était limitée à cinquante. Devant lui, il reconnut la BMW.

Il la suivit avec précaution jusqu'en ville où la circulation était heureusement plus dense.

Le professeur se dirigea vers le parking aérien du centre.

Hamish ne le perdit pas de vue. Le professeur se gara. Hamish alla se ranger un peu plus loin puis le prit discrètement en filature. Il avait la désagréable impression que le professeur était venu à Strathbane uniquement pour faire des courses.

Ils étaient au quatrième étage du parking. Le professeur alla vers l'ascenseur. Hamish descendit par l'escalier et attendit devant le parking. Quand le professeur apparut, Hamish lui emboîta le pas. Sander entra tout d'abord dans une grande librairie, où il resta un long moment. Puis il en ressortit, avec un sac en plastique rempli de livres et reprit la direction du parking.

Ça suffit, se dit Hamish, il est hors de question que je le suive jusqu'à Braikie. Quelle perte de temps ! Il avait envie de manger, et de bien manger, qui plus est.

Il vit un petit restaurant français et décida d'y dîner.

Régulièrement, de bons restaurants ouvraient à Strathbane avant de refermer quelques mois plus tard, vaincus par l'incapacité de la population locale à manger autre chose que des cochonneries.

Il regarda sa montre. Dix-neuf heures. Il poussa la porte et entra. Le restaurant était quadrillé de banquettes en alcôve séparées par des cloisons en bois surmontées de tringles en cuivre garnies de rideaux.

Il écarquilla les yeux en voyant les prix, mais il y avait un menu à vingt livres. Il choisit une bisque de homard, suivie d'une daurade accompagnée d'une salade, et fut tenté de prendre du vin, mais opta pour de l'eau minérale.

– Je ne peux plus continuer comme ça, dit une femme sur la banquette qui se trouvait derrière lui. Il y a des rumeurs. Pourquoi tu ne divorces pas ?

Hamish qui s'apprêtait à retirer son bonnet l'enfonça sur ses oreilles. Il connaissait cette voix. C'était Fiona Fleming.

– Je ne peux pas, répondit un homme – le docteur Renfrew. Je suis un notable, je dois penser à ma réputation. Écoute, c'était bien, mais il vaut mieux en rester là. Ça commence à jaser.

– Je vais le dire à ta femme, espèce de salaud. Tu ne peux pas me larguer comme ça. Tu disais que tu voulais passer le reste de ta vie avec moi.

– Les hommes disent beaucoup de choses dans… euh… ces moments-là, qu'ils ne pensent pas vraiment. Écoute, Fiona, ma chérie, on peut rester amis.

Aïe, pensa Hamish. Ça va barder.

Il y eut un bruit d'éclaboussement puis le haut de la tête de Fiona apparut au-dessus de la cloison. Elle avait dû lui balancer son verre à la figure, se dit-il.

– Je te le ferai payer. Tu vas regretter d'être né, hurla Fiona.

Les gens blessés font rarement preuve d'originalité, soupira intérieurement Hamish.

Puis il entendit des talons hauts qui s'éloignaient rapidement.

Le médecin demanda l'addition.

Si elle a bel et bien tué son mari, se dit Hamish, ce type est en danger. Et même si ce n'est pas le cas, sa vengeance risque d'être terrible.

Il se plongea dans son assiette en se demandant ce qu'il allait faire.

Hamish termina son repas et rentra à Lochdubh. Des camions de la télévision étaient rangés le long des quais. Si seulement une autre affaire à sensation pouvait les faire déguerpir, se dit-il.

Jimmy, qui l'avait vu arriver, se dépêcha de le rejoindre au poste de police.

– Alors ? demanda Hamish.

– Shona a été frappée avec le démonte-pneu. Balancée au fond de la barque et poussée vers le large.

– Et personne n'a rien vu ?

– Oh, ils ont tous vu ou entendu quelque chose, mais c'est à cause de ces foutues caméras de télévision. Même les sœurs Currie s'étaient maquillées et racontaient des histoires à dormir debout.

– Vous êtes sûr que c'étaient des histoires ?

– Quand on me parle d'un grand Noir balafré, je suis encore capable de faire le tri.

– Ah oui, quand même. Cela étant, j'aimerais quand même les interroger, au cas où. Ça vaut peut-être le coup de creuser. Et les comptes bancaires, ça a donné quoi ?

– Il n'y a pas grand-chose, quelques retraits de cinquante livres, deux cents tout au plus.

Ils se tenaient devant le poste. Hamish vit Mary Gannon qui s'écartait de l'antenne de police pour se diriger vers eux.

– Alors, Macbeth, il y a du nouveau ?

– Non, chef. Il a fait des courses à Braikie, puis il est allé à Strathbane, il a acheté des livres et il est rentré chez lui. Mais j'étais dans un restaurant à Strathbane, et j'ai entendu le docteur Renfrew, qui entretenait bel et bien une liaison avec Fiona Fleming, lui dire que c'était fini et elle l'a menacé de se venger.

– Faites un rapport et transmettez-le-moi. Le professeur était dans ce restaurant ?

– Non, chef.

– Qu'est-ce que vous faisiez là-bas, en ce cas ?

– Le professeur rentrait manifestement chez lui et j'avais faim.

– Vous avez reçu l'ordre de le suivre et non de désobéir sous prétexte que vous aviez faim. Retournez-y demain. C'est la piste la plus sérieuse.

Mary tourna les talons et s'éloigna. À la suite d'un rapport incendiaire de Blair, Daviot lui avait fermement déconseillé de se rapprocher de Macbeth.

– Mais enfin ! s'exclama Hamish. Personne n'a demandé au professeur ce qu'il faisait à l'heure où Shona s'est fait défoncer le crâne.

– Si. Je l'ai tiré du lit à l'aube. Il était hors de lui ! Il a dit qu'il dormait à poings fermés. Comme il vit seul, il n'a pas d'alibi. Idem pour les autres.

– Il se fait tard, je suis fatigué, dit Hamish. Il vaut mieux que je ne reste pas ici, autrement, elle va me coller du boulot et je serai encore là demain matin.

– Quoi encore ? protesta le directeur du Tommel Castle Hotel en voyant Hamish débarquer avec un sac de couchage, le chien et la chatte sur les talons.

– J'ai vraiment besoin de dormir et si je reste au poste, je ne pourrai jamais.

– Bon, d'accord. Je peux vous donner une chambre, mais c'est tout. Interdiction de toucher au minibar, et le gîte est offert mais pas le petit déjeuner.

Elspeth était assise au bar en compagnie de Luke lorsqu'elle vit Hamish arriver et suivre Mr Johnson dans l'escalier.

– Je reviens tout de suite, dit-elle à Luke.

Il l'entendit à peine car il était entouré de journalistes qui étaient occupés à inventer des légendes les uns sur les autres. Il n'avait pas réitéré sa demande en mariage et Elspeth se disait qu'il avait seulement voulu embêter Hamish. Il s'était contenté de lui faire quelques avances explicites qu'elle avait systématiquement repoussées.

Hamish défaisait son sac quand Elspeth frappa à la porte.

– Ah, c'est toi, dit-il d'un ton morose. Qu'est-ce que tu veux ?

– Discuter des meurtres.

– Écoute, j'ai une inspectrice sur le dos, c'est un vrai dragon, et je ne peux pas parler à la presse.

– Je voulais juste discuter entre amis.

Hamish regarda la silhouette menue d'Elspeth. Elle était habillée de façon décontractée d'un jean et d'un gros pull blanc torsadé assortis d'élégantes bottines noires. Elle le dévisageait de ses étranges yeux gris.

– Bon, d'accord, capitula-t-il, se rappelant combien ses intuitions lui avaient été utiles par le passé. Je ne peux pas t'offrir à boire, on ne me fait pas payer la chambre mais j'ai interdiction de toucher au minibar.

– Ne t'en fais pas. Je vois que Lugs et Sonsie ont pris leurs aises. J'espère que tu auras assez de place dans le lit.

– Je les pousserai sur le côté.

Ils s'assirent dans les gros fauteuils qui se trouvaient devant la fenêtre.

– Vas-y, lui dit Elspeth. Ça restera entre nous.

– Surtout, pas un mot à Luke !

– Promis.

Hamish lui fit le compte rendu de tout ce qu'il savait.

Quand il eut terminé, Elspeth resta impassible. Puis elle finit par dire :

– Et s'il y avait deux meurtriers ?

– Comment ça ?

– Mettons que le professeur ait bel et bien plagié le travail de cet étudiant. C'est un type très vaniteux. Je l'imagine bien suivre Mrs Gillespie dans l'allée et lui défoncer le crâne avec son seau dans un accès de rage. À moins que Fiona Fleming ait réellement poussé son mari dans l'escalier, même si j'en doute, et décidé de se débarrasser une fois pour toutes de Mrs Gillespie.

– Et Shona Fraser ?

– J'y viens. Avant de venir ici, Shona Fraser travaillait chez Trant TV, à Londres. Elle était documentaliste. Trant TV est spécialisé dans la téléréalité, les docs en immersion, les révélations sur les célébrités, ce genre de choses. Ils ont piégé l'actrice de séries Bernice James. Un journaliste de chez eux s'est fait passer pour un dealer et lui a apporté de la coke dans sa chambre d'hôtel. Ils avaient mis une caméra cachée et l'ont filmée en train de sniffer un rail. Imagine que Shona ait découvert quelque chose en effectuant des recherches, que ceux qu'elle a repérés l'aient suivie jusqu'ici et aient décidé de la faire taire.

– Comment sais-tu tout ça ?

– Je l'ai lu dans la presse londonienne, au bar.

Tu n'aimes peut-être pas les journalistes, mais il nous arrive de dénicher des infos qui échappent à la police.

– Combien de temps Shona a-t-elle travaillé chez Trant TV ?

– Je ne sais pas. Je peux trouver facilement. Toi aussi, d'ailleurs.

– J'ai constamment mes supérieurs sur le dos, en ce moment. Tu pourrais… ?

– Entendu. Comment je peux te contacter ?

– Je vais te donner mon numéro de portable. C'est sérieux, entre Luke et toi ?

Elspeth hésita, puis jugea préférable de le laisser dans le doute. Il lui avait fait beaucoup de mal par le passé et il était hors de question qu'elle souffre encore par sa faute.

– Ça ne te regarde pas, répliqua-t-elle. Tu as des nouvelles de ta chère Priscilla ?

Hamish rougit de colère.

– Je n'ai pas envie d'en parler.

Sonsie poussa un feulement.

– Il vaut mieux que j'y aille, dit Elspeth. Ta chatte de garde commence à s'énerver.

– Écoute, je te remercie pour les infos sur Shona. Ça vaut le coup de creuser. Demain, je dois de nouveau filer le professeur. À mon avis, c'est une perte de temps.

Elspeth avait commencé à se lever, puis se rassit.

– J'ai une idée. Et Miss Creedy ?

– Elle a peut-être truqué le bingo, mais de là à commettre un meurtre !

– Dans ce monde corrompu, il y a encore des gens qui tiennent à la respectabilité, surtout dans les petites villes et les villages.

– Mais Mrs Gillespie n'aurait pas pu la menacer de tout révéler sans se trahir elle-même.

– On peut voir ça autrement. Si Miss Creedy a accepté de tricher, c'est que Mrs Gillespie détenait des informations compromettantes sur elle.

Hamish soupira.

– Si seulement je n'étais pas coincé avec le professeur.

– Bon, cette fois, j'y vais, Hamish, dit Elspeth en se levant tandis qu'Hamish la raccompagnait à la porte. Tu sais quoi, je vais me charger de Miss Creedy.

– Tu ferais ça ? Ça serait super. Je t'invite à dîner demain soir.

– C'est ça, Sherlock. Et comme les dernières fois, tu me poseras un lapin.

– Désolé. Je vais t'expliquer…

– Laisse tomber. Je t'appelle demain.

Hamish prit une douche, se mit en pyjama, fit descendre Lugs et Sonsie du lit malgré leurs protestations et se glissa sous les draps. La chatte revint aussitôt et se blottit contre lui et le chien se coucha à ses pieds. Il sombra dans un sommeil sans rêves et ne se réveilla qu'à sept heures le lendemain matin.

Hamish déposa ses deux compagnons au poste et il s'apprêtait à remonter dans la Land Rover quand Mary Gannon arriva dans son dos, le faisant sursauter. Il se retourna.

– J'allais partir à Braikie, expliqua-t-il.

– Surtout, ne le lâchez pas d'une semelle. Pas un mot à la presse. Je connais votre intelligence et votre perspicacité, mais dans une grosse affaire comme celle-ci, il est essentiel de travailler en équipe, ce qui suppose d'obéir aux ordres. Vous m'avez compris ?

– Oui, chef.

– Ça, c'est parler ! lança Blair en les rejoignant. Ce gaillard a besoin de la poigne d'une femme.

– Je ne vous ai pas demandé votre avis, Mr Blair, rétorqua Mary.

– *Och*, allez. On ne peut même plus plaisanter. Vous les femmes, vous prenez tout au sérieux.

– Si vous continuez, j'effectue un signalement pour sexisme auprès de la direction générale. Et pour alcoolisme. Vous empestez l'alcool et ce, dès le matin !

Hamish monta dans la voiture d'Angela et fila en les laissant se débrouiller.

Comme souvent dans les Highlands, une grisaille brumeuse décolorait le paysage et étouffait tous les bruits. Lorsqu'il arriva à Braikie et se gara au fond de l'impasse, la brume s'était épaissie.

Des jours comme celui-là, il regrettait de n'être qu'un simple policier. Il était sur la touche, tenu à l'écart des dernières avancées et des dépositions des suspects. Il aurait probablement dû informer l'inspectrice que Shona avait peut-être découvert quelque chose sur l'un des suspects quand elle travaillait à Londres, mais Mary lui aurait demandé d'où il tenait cette information et lui aurait passé un savon en apprenant qu'il avait discuté de l'affaire avec un membre de la clique des journalistes.

Il se lamentait d'avoir oublié d'apporter du café et des sandwichs quand une voiture de patrouille se rangea à côté de lui. Il baissa la vitre.

– Vos papiers, aboya un policier. Descendez du véhicule.

Hamish extirpa son long corps dégingandé de la petite voiture d'Angela et sortit de sa poche sa carte de policier.

– Je suis l'agent Hamish Macbeth, de Lochdubh. Je suis chargé de surveiller le professeur. Ordre de l'inspectrice Gannon. Que se passe-t-il ?

– Les voisins se sont plaints qu'un individu louche – vous – repérait les lieux.

Les braves gens, songea Hamish avec gratitude. Il appela le commissariat central et demanda à parler à Mary.

– C'est votre faute, aussi, vous auriez dû être

plus discret, s'énerva-t-elle quand il lui eut expliqué la situation.

– C'est difficile d'être discret dans une ville des Highlands, protesta Hamish.

– Il vaut mieux laisser tomber. Rentrez, mettez-vous en tenue et filez à Styre. Mrs Barret-Wilkinson n'était pas là quand nous sommes passés. Demandez-lui où elle se trouvait avant-hier soir.

De retour au poste, il se mit en uniforme, prit un panier pique-nique avec de quoi nourrir bêtes et humain, et partit en Land Rover avec Sonsie et Lugs. Il sifflotait gaiement, soulagé d'être libéré d'une journée qui promettait d'être longue et pénible.

À mesure qu'il montait sur les hauteurs de Lochdubh, la brume s'élevait à flanc de montagne et le soleil ne tarda pas à apparaître. Le paysage était un éblouissement de couleurs : genêts jaunes, bruyère mauve et baies de sorbier rouge sang.

Mrs Barret-Wilkinson n'était pas chez elle. Sa voiture n'était pas là. Hamish descendit sur la plage et lâcha ses compagnons. Il défit le panier pique-nique, étala un plaid et prit tranquillement un brunch après avoir nourri Lugs et Sonsie.

La mer était calme, le soleil ondulait sur les vaguelettes qui éclaboussaient doucement la plage de galets. Il flottait une odeur d'embruns et de feu de tourbe. Les échos d'un match de foot diffusé à la radio s'échappaient d'un des petits cottages de Styre.

Tout cela était bien loin de l'agitation et de la saleté des villes et de la noirceur du crime, pensa Hamish. Mais tant que les meurtres ne seraient pas résolus, l'ombre du soupçon et de la peur subsisterait.

Allez, au travail. Il remballa ses affaires tout en soupirant. Il était temps de voir si Mrs Barret-Wilkinson était rentrée.

Il arriva chez elle au moment où elle descendait de sa voiture. Elle sortit une grosse valise du coffre. Hamish s'approcha.

– Quoi encore ? lui lança-t-elle.

– Vous êtes au courant qu'une documentaliste de la télévision, Shona Fraser, a été tuée à Lochdubh il y a deux jours ?

– Je l'ai entendu à la radio sur la route. En quoi cela me concerne-t-il ?

– Je dois prendre votre déposition, répondit Hamish d'un ton apaisant. Où étiez-vous avant-hier soir ?

– Chez une amie, à Glasgow.

– J'ai besoin de son nom et de son adresse.

Elle soupira.

– Entrez, je vous écris ça.

Hamish la suivit dans le faux salon de manoir. Elle alla à un bureau, nota le nom et l'adresse dans un bloc-notes et arracha la page.

– Tenez. Bella vous confirmera que j'étais avec

elle avant-hier soir. Et hier, j'ai passé la nuit au Palace Hotel d'Inverness, ajouta-t-elle en ouvrant son sac pour en sortir un papier. Voici la facture de l'hôtel. Bien, et maintenant j'aimerais pouvoir défaire mes bagages.

Voilà qui est réglé, se dit-il. Il donnerait tous les détails par téléphone et les policiers de Strathbane vérifieraient son alibi.

– Juste une chose, dit-il. Pourquoi avoir choisi de vivre dans un endroit aussi isolé ?

– Je voulais être au calme. Je me plais, ici. Je n'aurais jamais pu m'offrir une maison de cette taille en ville. Maintenant, si vous permettez…

Hamish décida d'apporter lui-même ces informations à Lochdubh au lieu de les transmettre par téléphone, ce qui lui permettrait peut-être de se tenir au courant des derniers développements.

Il s'apprêtait à monter dans la Land Rover quand son téléphone sonna. C'était Elspeth.

– Bonne nouvelle, Hamish. Shona avait fait des recherches sur les médecins qui avaient été poursuivis en justice pour faute professionnelle et l'un d'eux était le docteur Renfrew. Il a dit à une femme que les rougeurs qu'elle avait sur les seins étaient dues à une allergie à son soutien-gorge. Il lui a prescrit des pommades. Ça n'a fait que s'aggraver au fil des mois. Quand elle s'est décidée à demander un deuxième avis médical, on a découvert qu'elle avait un cancer invasif à un stade avancé. Elle s'en est sortie par miracle, mais elle a porté plainte contre le docteur Renfrew pour faute professionnelle. Il n'a pas été rayé de l'ordre des médecins et il avait une bonne assurance pour ce type de poursuites, il s'en est donc bien tiré. Il a refusé d'être interviewé, mais il y a des images télé où on le voit sortir de chez lui et invectiver un journaliste. Il est arrivé à l'hôpital de Braikie l'an dernier.

– Je vais aller lui parler. Si j'appelle mes chefs pour leur raconter ça, ils enverront un enquêteur et je finirai par ne jamais connaître le coupable.

Hamish téléphona donc à l'antenne mobile pour les informer de l'alibi de Mrs Barret-Wilkinson, et expliqua qu'il ferait un rapport et passerait le déposer plus tard avec la facture qu'elle lui avait remise.

– Attendez, lui dit le policier qui avait pris l'appel. L'inspectrice vient justement d'arriver.

– Je la verrai tout à l'heure, répondit Hamish avant de raccrocher.

Et maintenant, au tour du docteur Renfrew.

À l'hôpital, on lui apprit que c'était le jour de congé du docteur Renfrew. Il obtint son adresse qui était située à quelques kilomètres de Braikie.

Le médecin habitait une maison carrée, typique de l'architecture georgienne d'Écosse, vestige de l'époque où les officiers de l'armée avaient été cantonnés dans les Highlands après la bataille de Culloden.

C'était une bâtisse sombre et sinistre, avec un jardin mal entretenu qui se réduisait à un petit rectangle de pelouse échevelée bordé de buissons hirsutes.

Il sonna et une femme à l'air stressé vint lui ouvrir.

– Qu'y a-t-il ? demanda-t-elle.

– Mrs Renfrew ?

– Oui ?

– Votre mari est là ?

– Est-ce vraiment nécessaire ? Il a déjà été interrogé par la police.

– Il y a du nouveau. Il faut que je lui parle.

– Faites vite.

Elle tourna les talons et Hamish la suivit dans la pénombre d'une entrée dallée de pierre. Elle poussa une porte.

– Chéri, c'est encore la police, dit-elle.

Le docteur Renfrew était installé dans un fauteuil au coin d'un feu qui se consumait lentement. Le temps s'était radouci, mais la maison était glaciale.

Le médecin jeta le journal qu'il lisait et se leva, furieux.

– Cette fois, c'en est trop. Je vais porter plainte.

Hamish se retourna. Mrs Renfrew se tenait sur le seuil.

– Je préfère vous parler en privé, docteur Renfrew.

– Va t'occuper ailleurs, Elsie, dit le médecin après une seconde d'hésitation. Et ferme la porte derrière toi.

Elsie referma la porte avec une brutalité superflue.

– Alors, qu'y a-t-il ? On m'a déjà interrogé sur mon emploi du temps le soir du meurtre de la documentaliste, ce qui, soit dit en passant, est d'une impudence inouïe.

– Avez-vous dit à la police que vous aviez déjà rencontré Shona Fraser ?

– Quoi !

– À l'époque où elle travaillait pour une chaîne de télévision de Londres, elle a dû vous interviewer pour une émission sur les fautes professionnelles médicales.

Son visage devint terreux.

– Je ne l'ai jamais vue. Ils voulaient m'interviewer, en effet, mais soit je refusais de leur ouvrir, soit je passais en courant pour les éviter quand ils m'attendaient devant chez moi ou à la sortie du cabinet. C'était réellement une erreur médicale. C'est du passé, maintenant.

– Sauf que Mrs Gillespie vous a reconnu dans le documentaire et vous a fait chanter. Que voulait-elle ?

Mr Renfrew avait perdu toute son arrogance.

– Un peu d'argent de temps en temps, pas beaucoup. Et des psychotropes.

– Des stupéfiants ! s'exclama Hamish.

Où allait-on, si les bonnes des Highlands, et quinquagénaires avec ça, étaient des toxicomanes ?

– Quoi exactement ? de la cocaïne, de l'héroïne ?

Le médecin esquissa un sourire morne.

– Non, rien de tout ça. De l'Hyperex.

– C'est quoi ?

– Elle avait de l'arthrose. L'Hyperex est un antidouleur, mais il a été jugé dangereux et a été retiré du marché. Il nous en restait à l'hôpital. Elle prétendait que c'était la seule chose qui la soulageait et disait que si je ne lui en donnais pas, elle raconterait à tout Braikie que j'avais été poursuivi pour faute professionnelle. Honnêtement, sa mort est un soulagement, mais je ne l'ai pas tuée.

– Je suis désolé, dit Hamish, mais je dois vous demander de me suivre pour faire une déposition.

Le docteur Renfrew avait l'air complètement abattu.

– Je vais chercher ma veste, dit-il.

Il n'y avait aucune trace de Blair à l'antenne de police, mais l'inspectrice Gannon était là. Hamish lui expliqua en deux mots ce qu'il avait découvert – racontant, pour éviter de mentionner Elspeth, qu'il se souvenait d'avoir vu le documentaire à la télévision.

– Bravo, le félicita-t-elle. Il y a eu un cambriolage dans une ferme sur la route de Strathbane. Ça vient de tomber. Allez effectuer les premières constatations et j'enverrai une équipe pour relever les empreintes s'il y en a une de disponible. Voilà l'adresse. Filez, et de mon côté, je vais prendre la déposition du médecin.

Hamish s'apprêtait à protester, mais il se ravisa, se disant que c'était inutile. Il était furieux contre l'inspectrice. Elle l'écartait de l'affaire alors qu'elle lui devait la première avancée réelle. Elle aurait très bien pu envoyer un policier de Strathbane.

Il se dirigea vers la Land Rover et regarda le nom et l'adresse. Geordie McArthur, The Sheiling, sur la route de Strathbane. Il y avait des mois qu'il n'était pas passé voir Geordie. Il aimait prendre régulièrement des nouvelles des fermiers des petites exploitations des alentours.

En arrivant, Hamish se dit que c'était le type même de la petite ferme des Highlands. Devant la bâtisse trônaient deux voitures rouillées, un vieux poste de télévision et un réfrigérateur. Quand d'autres ornaient l'extérieur de leur maison de parterres de fleurs, l'authentique petit fermier s'en servait de décharge pour les engins et les appareils dont il ne voulait plus dans le vague espoir que des pièces lui soient utiles un jour ou l'autre.

L'épouse de Geordie, une femme maigre au visage parcheminé perpétuellement renfrogné, l'invita à entrer. Elle lui dit que Geordie dormait et alla le réveiller.

C'est dans le Sutherland que l'on trouve certains des hommes les plus grands de toutes les îles Britanniques. Quand Geordie entra dans le salon, sa tête touchait le plafond bas.

– Alors, qu'est-ce qu'on vous a volé, Geordie ? lui demanda Hamish.

– Ma Land Rover. C'était avant-hier soir.

– Et c'est maintenant que vous le déclarez ! J'ai besoin du numéro d'immatriculation et d'une description.

– Vous pouvez aller la voir. Elle est garée derrière la maison.

– Enfin, Geordie, ça n'a pas de sens. Elle a été volée, ou pas ?

– Écoutez, je ne m'en suis pas servi pendant trois jours, d'accord ? Eh bien, j'ai regardé le kilométrage et il y a des kilomètres qui n'y étaient pas avant. Je vérifie toujours le compteur parce que des fois, l'autre, là, elle la prend pendant que je dors.

– Et c'est quoi, le problème ? s'étonna Hamish.

– Je ne veux pas qu'elle file en douce à Strathbane pour se pavaner devant les autres.

Hamish regarda le géant avec stupeur. Cette femme usée, brimée, était-elle pour lui un objet de désir à ce point irrésistible ?

– Montrez-moi la Land Rover, Geordie.

Geordie le conduisit à l'arrière de la ferme où était garée la Land Rover. Dire qu'on est en pleine affaire de meurtre et que je suis obligé de me coltiner ce cinglé, soupira Hamish intérieurement.

– Vous voyez, je laisse toujours les clés, dit Geordie en ouvrant la portière. J'ai un petit carnet où je note le kilométrage. Eh bien, elle avait trente-deux kilomètres en plus. Qu'est-ce qui vous arrive, mon gars ? On dirait que vous avez été frappé par la foudre.

Hamish était figé sur place, les yeux dans le vague et la bouche ouverte.

– Un instant, Geordie, dit-il.

Hamish regarda la route de Strathbane, au bout du champ. Trente-deux kilomètres, c'était la distance aller-retour jusqu'à Lochdubh. Se pouvait-il que quelqu'un qui voulait éviter que l'on reconnaisse sa voiture ait volé la Land Rover dans le seul but de tuer Shona Fraser ?

– Vous êtes sûr que ce n'est pas votre femme ?

– Sûr et certain. Je l'ai à l'œil.

Quand tout ça sera fini, il faudra que je revienne voir ce que je peux faire pour Mrs McArthur, pensa Hamish.

– Et puis ce n'est pas tout, ajouta Geordie. Celui qui l'a prise l'a nettoyée à fond.

– Bien. Maintenant, écartez-vous et n'y touchez plus. Je vais faire venir la police scientifique.

– Je n'aurais jamais cru que vous prendriez ça autant au sérieux.

Pour parler à Mary Gannon, Hamish dut insister en disant que c'était urgent et concernait le meurtre de Shona Fraser. L'inspectrice l'écouta et lui dit qu'elle envoyait immédiatement une équipe de la scientifique.

Hamish ne lui demanda pas quels étaient ses ordres. Il avait besoin de temps pour réfléchir.

8

« Le mensonge ne me gêne pas, mais
je déteste l'inexactitude. »

Samuel Butler

Hamish attendit patiemment l'arrivée de l'équipe de la scientifique. Geordie alluma une cigarette et Hamish huma la fumée avec regret, en se demandant si l'envie de cigarette qui le prenait de temps à autre lui passerait un jour.

– Geordie, je comptais attendre un peu, mais il va falloir qu'on ait une petite discussion sur la façon dont vous traitez votre femme.

– Quoi !

– J'ai la nette impression que vous la gardez prisonnière. Pourquoi ne pourrait-elle pas prendre la voiture pour aller faire des courses si ça lui chante ?

– Elle rencontrerait d'autres hommes. Elle gaspillerait mon argent en babioles.

– Vous êtes pratiquant, non ?

– Je suis un fidèle membre de l'Église presbytérienne libre.

– À vous entendre, j'aurais plutôt dit des talibans. Votre épouse est une femme d'âge mûr tout ce qu'il y a de plus respectable. Vous l'avez tellement abîmée qu'il y a de quoi rebuter n'importe quel homme.

– Qu'est-ce que vous racontez ? Je la traite comme il faut. Elle a trois repas par jour.

– Vous vous croyez au Moyen Âge, soupira amèrement Hamish. Vous avez besoin d'une thérapie. Je vais parler à votre pasteur.

– Allez au diable ! Suppôt de Satan !

Geordie balança un coup de poing à Hamish qui l'esquiva prestement.

– Vous n'avez pas intérêt à recommencer ou je vous arrête pour violence contre un policier. Moi, je vous le dis, Geordie, à force de rester coincé ici avec vos moutons et votre pauvre femme, vous avez perdu les pédales. Tiens, voilà la scientifique.

Mary les accompagnait. Tandis que l'équipe se mettait au travail, elle lorgna Hamish d'un œil soupçonneux.

– Je n'ai pas confiance en vous, Macbeth. J'ai l'impression que vous faites de la rétention d'information.

– Pourquoi ça ?

– Je ne crois pas aux coïncidences. Vous vous trouvez par hasard dans un restaurant de Strathbane au moment où le docteur Renfrew et Mrs Fleming se disputent. Vous vous rappelez subitement une émission télévisée sur les fautes professionnelles, et là soudain comme ça, vous découvrez que la Land Rover de cet homme a peut-être servi le soir du meurtre de Shona Fraser.

– J'ignorais tout de la Land Rover. C'est vous qui m'avez signalé le vol et envoyé enquêter sur place, protesta Hamish.

– Vous avez peut-être simplement de la chance. Maintenant, filez. Retournez au poste faire vos rapports et laissez-les-moi à l'antenne mobile.

– Oui, chef.

Hamish la salua et regagna son véhicule.

Sur la route de Lochdubh, il aperçut la silhouette basse et tout en longueur de l'église presbytérienne et s'arrêta brusquement. Le pasteur habitait à côté, dans une maison moderne de plain-pied avec des nains de jardin devant. C'était étonnant que les nains de jardin ne soient pas jugés trop frivoles, songea Hamish.

Une jolie jeune femme vint lui ouvrir. Elle avait le teint frais et de beaux cheveux châtains bouclés.

– Je vous ai vu admirer les nains, dit-elle gaiement. Ils sont affreux, hein ? Comme c'est un cadeau d'une paroissienne, on est obligés de les garder. Vous êtes Hamish Macbeth. Nous nous sommes rencontrés l'année dernière au mariage de Jaunty Sinclair.

– Bien sûr ! Vous êtes la femme du pasteur.

– Oui. Murdo fait sa tournée. Je peux vous aider ?

– En fait, vous tombez bien.

– Entrez. J'allais prendre un café.

Hamish la suivit dans un salon lumineux.

– Asseyez-vous, je vous apporte une tasse. Des scones ?

Elle sortit de la pièce et revint peu après avec un plateau chargé qu'elle posa sur une table, près de la fenêtre.

– Je préfère qu'on se mette ici, dit-elle. Avec les tables basses, on est obligé de se plier en deux, j'ai horreur de ça.

Elle servit du café et des scones à Hamish puis lui demanda :

– Quel est le problème ?

– C'est Geordie McArthur, là-haut, au-dessus de la route de Strathbane. Il tyrannise sa femme et tout ça, au nom de la religion. Il ne la laisse pas sortir. Elle a l'air au bout du rouleau. Il est d'une jalousie maladive. J'ai abordé le sujet avec lui et il m'a traité de suppôt de Satan.

– Il la bat ?

– Je ne crois pas.

Les scones étaient durs comme de la pierre. La femme du pasteur avait dû prendre des cours de pâtisserie avec Angela Brodie, qui était une véritable catastrophe en cuisine.

– C'est de la violence psychologique, alors ?

– Oui.

– Je vais voir ce que je peux faire. J'en parlerai à Murdo et il ira discuter avec Geordie. Ah zut, ces scones sont immangeables. Je les ai achetés ce matin chez Patel. Je vais lui toucher un mot. Ils portaient une étiquette « faits maison ».

– Vous savez quoi, emballez-les, dit Hamish. Je rentre à Lochdubh, j'irai voir Mr Patel.

– C'est très aimable à vous. Je vais chercher un sac.

En le raccompagnant à la porte, elle ajouta :

– Ne vous en faites pas pour Mrs McArthur. On s'en occupe.

Hamish s'arrêta chez Patel et posa le sac sur le comptoir.

– C'est Angela Brodie qui vous fournit ces scones ?

– Oui, j'ai proposé aux femmes du village de vendre les gâteaux faits maison qu'elles voulaient bien me confier. Mrs Brodie m'a dit que ça la changerait de ses romans.

– Ils sont immondes, dit Hamish. Je vous achète ceux qui vous restent et vous lui dites que vous êtes obligé de laisser tomber.

– Mais il y en a qui font de très bons gâteaux !

– Angela ne sait faire que des scones et des shortbreads. Dites-lui qu'il n'y a pas de clientèle pour ça.

Hamish acheta le reste des scones, les emballa soigneusement et les jeta dans une poubelle, dehors.

Il s'aperçut alors que les camions de la télévision avaient disparu et qu'il n'y avait pas un seul journaliste en vue.

Il frémit en entendant Blair le héler. Une lueur malveillante pétillait dans les petits yeux porcins de l'inspecteur-chef.

– Montez, mon gars. J'ai un truc à vous montrer.

Hamish le suivit dans l'antenne mobile.

– C'est le bureau de Gannon, là-bas.

Sur la cloison, derrière le bureau de l'inspectrice, était affiché un grand poster d'un Highlander uniquement vêtu d'une écharpe écossaise et d'un béret traditionnel à pompon qui arborait un sourire idiot et une énorme érection.

– J'ai hâte de voir la tête de cette vieille dondon, pouffa-t-il en se frottant ses mains boudinées. Faut qu'elle apprenne à rigoler un peu.

Elle va te la faire passer, l'envie de rigoler, pensa Hamish. Je ne te dis pas comment, ce sera la surprise.

– Je dois y aller. J'ai des rapports à rédiger, dit-il.

De retour au poste, Hamish donna à manger à Sonsie et à Lugs puis alla dans le bureau pour se mettre au travail. À un moment, il entendit une femme piquer une colère. Puis le silence retomba. Il écrivit de longs rapports circonstanciés, les imprima, attacha la facture d'hôtel de Mrs Barret-Wilkinson sur celui qui la concernait, et sortit pour aller les porter à l'antenne mobile. Il s'arrêta net.

Devant l'antenne de police se tenaient Mary Gannon, Blair et le commissaire Daviot. Daviot avait à la main le poster froissé.

– Enquête ou pas, vous me suivez au commissariat central, disait Daviot à Blair. Vous aussi, inspectrice Gannon.

Sur ce, Jimmy Anderson arriva. Daviot le chargea de diriger l'enquête et s'en alla, suivi par Blair et Mary qui avaient pris chacun leur véhicule.

Hamish lui expliqua la cause de l'esclandre et Jimmy poussa un hurlement de joie.

– Je vous offre le whisky, Hamish. Blair est dingue, ou quoi ? Et si un journaliste avait vu le poster en passant à l'antenne mobile et l'avait photographié ? Ça aurait fait la une de *News of the World*.

– Espérons qu'il va être suspendu, répondit Hamish. Voilà mes rapports, Jimmy. J'aimerais interroger de nouveau Miss Creedy. J'ai l'impression qu'elle cache un secret inavouable et j'aimerais bien savoir ce que c'est.

Avant de repartir à Braikie, Hamish prit son portable et appela Elspeth pour la mettre au courant, au sujet de la Land Rover de Geordie. Il lui devait bien ça en échange de ses recherches.

– Ne t'en fais pas pour Miss Creedy. Je m'en occuperai moi-même. Passe au poste dans la soirée, je verrai si j'ai d'autres infos pour toi. Où sont tous les journalistes ?

– Une prise d'otages à Perth. Avec de jeunes enfants. Luke s'est précipité sur place, même si le correspondant de Perth est furieux qu'il vienne marcher sur ses plates-bandes. À tout à l'heure.

La boutique de Miss Creedy était fermée et il y avait un panneau « À vendre » dans la devanture. Hamish retourna à la Land Rover et consulta l'annuaire local. Elle habitait le même lotissement que Mrs Gillespie, remarqua-t-il.

Il la trouva occupée à travailler dans son petit jardin. Elle sursauta en le voyant et faillit se ruer à l'intérieur avant de se raviser.

– J'ai parlé des heures à la police, protesta-t-elle d'une voix stridente rongée par la peur. Je n'ai rien d'autre à dire.

Hamish tenta le tout pour le tout.

– Mais si. Mrs Gillespie vous faisait chanter et je le sais. Entrons, c'est préférable.

Miss Creedy fondit en larmes, son corps malingre secoué de gros sanglots hoquetants. Hamish la conduisit à l'intérieur.

Quand elle fut assise, il prit une chaise et s'installa face à elle.

– Pourquoi avoir fait ça ? lui demanda-t-il quand elle eut séché ses larmes.

– C'était à cause du prix. Avant, je commandais les souvenirs dans une fabrique de Strathbane. Et puis un jour, un Chinois est passé à la boutique et a dit qu'il avait une société d'import-export à Glasgow. Il y avait une usine en Chine qui fabriquait les souvenirs pour pas cher, les souvenirs d'Écosse et aussi les souvenirs de plein d'autres pays et il pouvait me fournir des stocks à bas prix. Je ne voyais pas le problème. Je trouvais normal de commander chez lui pour faire de grosses économies. Un jour, je suis allée répondre au téléphone dans l'arrière-boutique alors que Mrs Gillespie était là. Le carnet de commandes était ouvert sur le comptoir. Elle a dû le regarder. Elle m'a menacée de prévenir le journal local que tous les souvenirs d'Écosse de la boutique étaient fabriqués en Chine. La honte ! Je l'ai suppliée. Elle m'a promis de ne rien dire si je la laissais gagner au bingo. Il n'y avait rien de plus facile. Elle me donnait un carton de bingo avec des numéros. Je faisais en sorte qu'on ne tire que ces numéros. Maintenant, ça va se savoir et vous allez m'arrêter pour fraude. Je préfère mourir. Je me suis dit que si je réussissais à vendre la boutique, je pourrais peut-être en tirer suffisamment pour aller m'installer loin d'ici.

Hamish réfléchit rapidement. S'il l'emmenait au poste, elle serait interrogée sans ménagement par Blair et certainement inculpée. Même si elle ne se suicidait pas, sa vie serait fichue. Une femme comme elle ne supporterait jamais la honte.

– Où étiez-vous il y a deux jours, le soir où Shona a été tuée ?

– Chez ma sœur, à Inverness. J'étais allée la voir et je suis restée dormir. J'ai donné son adresse et son numéro de téléphone à l'enquêteur.

– Écoutez, voilà ce que je vais faire. Je vais garder ça pour moi. Vous avez réagi de façon excessive. Les gens d'ici n'achètent pas de souvenirs. Ça ne leur aurait fait ni chaud ni froid. Quand vous aurez vendu votre boutique, vous calculerez la somme exacte que Mrs Gillespie a indûment gagnée au bingo, puis on ira voir le père McNulty et vous lui rendrez l'argent.

Elle se pencha en avant et lui prit les mains.

– Oh merci ! Comment ai-je pu être aussi bête !

– Les gens bien se laissent facilement culpabiliser pour des broutilles, répondit Hamish. Mrs Gillespie exploitait cette culpabilité. La police vous a-t-elle interrogé au sujet du bingo ? Je crains d'avoir mentionné dans mon rapport que Mrs Gillespie vous avait peut-être forcée à tricher.

– Oui, mais j'ai menti et le pauvre père McNulty, qui était convaincu de mon innocence, m'a soutenue.

– Parfait. L'affaire en restera là. Ils ont dû vérifier votre alibi, il est probable que vous ne les reverrez pas. Faites profil bas jusqu'à ce que tout ça soit fini.

– Merci. Je vous serai à jamais redevable, répondit-elle en le regardant avec des yeux de merlan frit.

– C'est bon ! répliqua Hamish en se levant, soudain alarmé. Oubliez ça.

– Je ne sais comment vous remercier. Vous

êtes célibataire, je… je pourrais vous préparer des gâteaux, faire le ménage chez vous ou…

– Non ! Laissez-moi. Si on vous voit traîner dans les parages, la police aura des soupçons.

Il s'en alla précipitamment, suivi par Miss Creedy qui s'accrocha à ses basques jusqu'à la Land Rover en bafouillant des remerciements.

Hamish se rendit juste à côté, chez Mrs Gillespie.

Mr Gillespie était là, visiblement fragile mais heureux. Il l'invita à entrer.

Le salon était jonché de livres et de DVD.

Hamish ôta sa casquette et s'assit.

– Votre femme était une maître-chanteuse, dit-il. Elle ne travaillait pour personne d'autre, à part le professeur Sander, Mrs Fleming, Mrs Wellington, Mrs Styles et Mrs Barret-Wilkinson ?

– Pas autant que je sache. C'était un jour par semaine chacun. Ceci dit, elle parlait de laisser tomber Mrs Wellington.

– Ça ne vous choque pas, que votre femme ait été une maître-chanteuse ?

– Non. Ça faisait longtemps que je ne la supportais plus. Aucune turpitude ne m'étonne, de sa part.

– Vous aviez une bonne situation, pourquoi s'est-elle mise à faire des ménages ?

– Elle aimait ça. Même ici, elle nettoyait tout de fond en comble. C'était une sorte de pouvoir.

– Quelqu'un est-il venu vous demander si elle avait laissé des choses ? Des vieilles lettres ou autre ?

Il fit non de la tête.

– Votre femme avait-elle des amis proches, ou même d'anciens amis ?

– Pas à ma connaissance.

Hamish renonça et prit congé. Ses pensées se tournèrent vers l'imposante Mrs Styles. Était-elle aussi irréprochable qu'elle en avait l'air ?

Il appela Jimmy.

– Des nouvelles de l'autopsie de Mrs Samson ?

– *Aye*, d'après le procureur, c'est un simple infarctus. Ça nous fait un meurtre en moins. L'antenne mobile lève le camp. Ils ont l'impression de n'avoir plus rien à faire au village.

– Et Mrs Styles, c'était quoi, son alibi ?

– Je ne pense pas qu'on le lui ait demandé. C'est une redoutable dame patronnesse et les autorités ont dû décider de faire l'impasse.

– Je vais lui rendre visite, dit Hamish, mais attendez-vous à ce qu'elle crie au harcèlement policier.

Hamish fut informé par un voisin que Mrs Styles était à l'église. Il se rendit à l'Église d'Écosse et poussa la porte. Mrs Styles était dans la chaire, occupée à astiquer les ailes de l'aigle en cuivre qui portait la Bible.

Hamish envisagea un instant de lui tirer les vers du nez en employant le même subterfuge qu'avec Miss Creedy, mais préféra s'abstenir. Mrs Styles n'était pas du genre à se laisser intimider.

À la tribune d'orgue, les premiers accords de

la *Toccata et Fugue* de Bach retentirent. On se croirait dans un film de vampire, songeait Hamish lorsque Mrs Styles empoigna l'aigle en cuivre et le fusilla du regard.

Elle descendit lentement de la chaire et s'avança vers lui, un bidon de nettoyant pour cuivre dans une main et un chiffon dans l'autre.

– Qu'y a-t-il ? demanda-t-elle.

– J'ai encore quelques questions à vous poser au sujet de Mrs Gillespie.

– Quoi ? dit-elle avant de se tourner vers la tribune d'orgue. Arrêtez ce raffut ! cria-t-elle. On ne s'entend plus.

L'organiste s'interrompit brusquement.

– Je me demandais..., commença Hamish.

Sur ce, l'organiste se lança dans une interprétation allègre de *These Boots are Made for Walking.*

– Sortons, dit Mrs Styles.

Ils allèrent dans le cimetière.

– Quel cauchemar, cet homme ! s'exclama Mrs Styles. J'ai beau me plaindre, personne ne m'écoute. C'est un infâme profanateur. Alors, que voulez-vous ?

– Il apparaît clairement que Mrs Gillespie était une maître-chanteuse. Loin de moi l'idée de suggérer qu'elle vous faisait chanter...

– Il ne manquerait plus que ça ! Je suis une femme respectable.

– Personne ne dit le contraire. Mais Mrs Gillespie avait la sale manie de fouiller dans les papiers personnels de ses employeurs. L'aviez-vous surprise sur le fait ?

– Oui. Mais je l'ai sermonnée. Elle ne faisait pas bien le ménage et je comptais la renvoyer.

– Pourquoi vous ne l'avez pas fait ?

– Parce que je suis une chrétienne. Et quand elle m'a annoncé qu'elle avait un cancer en phase terminale et que le travail était la seule chose qui lui évitait de penser à l'imminence de la mort, je l'ai gardée et me suis montrée plus indulgente avec elle.

– Quand vous l'a-t-elle dit ?

– Il y a six mois. Son travail laissait de plus en plus à désirer.

– C'est son mari qui a un cancer. Elle n'avait rien. Si elle avait eu un cancer, on l'aurait vu à l'autopsie.

– Je n'aurais jamais dû laisser la laisser entrer chez moi. Plus j'en apprends sur elle, plus je suis effarée.

Hamish observa Mrs Styles. Elle était perspicace, arrogante. Il était convaincu qu'elle disait la vérité. Si elle avait eu un secret inavouable, elle aurait peut-être été plus sympathique.

– Si vous apprenez quoi que ce soit, Mrs Styles, prévenez-moi. Vous pouvez m'appeler au poste de police de Lochdubh.

– Je suis quelqu'un d'honnête, je vous préviendrai. Si je savais quelque chose, je l'aurais déjà dit à la police.

La question est réglée, soupira intérieurement Hamish.

Il regagna la Land Rover et prit la direction des collines. Au bout d'un moment, il s'arrêta, descendit de voiture et s'approcha du bord d'une hauteur qui surplombait les remous de l'Atlantique. Il resta hypnotisé par l'immensité des vagues qui se fracassaient contre le pied de la falaise. L'air était chargé d'embruns. Des cormorans s'envolaient du haut du précipice avant de piquer dans la mer. Un macareux sortit de son terrier, observa Hamish et redisparut dans les profondeurs de son repaire.

J'en ai assez de ce métier, se dit soudain Hamish. J'en ai marre d'être traité par-dessus la jambe par des gens comme Blair et Mary Gannon. Et si j'acceptais une promotion, ce ne serait pas mieux. Ils s'empresseraient de fermer le poste de police. En revanche, songea-t-il, si je démissionnais, ils le mettraient en vente. Je pourrais obtenir un prêt immobilier en utilisant comme apport la récompense que m'a accordée la banque pour avoir empêché le braquage l'an dernier. Je deviendrais fermier. Ça ne rapporte pas beaucoup, mais je me contente de peu pour vivre. Je ferais des petits boulots. Les gens d'ici n'aiment pas travailler pour les nouveaux venus et ils sont de plus en plus nombreux à s'installer dans les Highlands. Je serais libre.

Il sourit en regardant les mouettes qui plongeaient et les gerbes d'embruns.

Hamish décida de rentrer à Lochdubh. Il avait

hâte de voir la tête de Blair quand il lui annoncerait qu'il quittait la police. Un nuage vint assombrir cette réjouissante perspective. Blair serait ravi et Mary Gannon s'en ficherait.

Il le chassa de son esprit et regagna la Land Rover d'un pas léger.

De retour au poste, Hamish tapa sa lettre de démission puis se rendit en sifflotant au commissariat de Strathbane.

Il décida de la remettre au commissaire Daviot en personne. Mieux valait s'adresser au Bon Dieu qu'à ses saints.

Helen, la secrétaire, lui jeta un regard noir.

– Vous n'avez pas rendez-vous, dit-elle. Mr Daviot est occupé.

La porte du bureau du commissaire qui était entrebâillée s'ouvrit en grand, laissant apparaître le commissaire Daviot qui lançait des balles de golf dans un gobelet en carton.

– Ah, Hamish, entrez donc.

Helen lui barra aussitôt le passage.

– Je lui ai bien dit que vous étiez occupé.

– Ça ne fait rien, Helen. Alors, qu'y a-t-il ?

À ce moment précis, le portable d'Hamish sonna. Il le sortit et s'apprêtait à l'éteindre, lorsque Daviot lui dit gentiment :

– Il vaut mieux que vous répondiez. Ça a peut-être un rapport avec l'enquête.

Au bout du fil, il entendit la voix pressante d'Elspeth.

– Tu vas faire une bêtise, Hamish. Surtout, ne décide rien, d'abord, il faut qu'on se parle.

– Comment tu... ?

– Peu importe. Je suis à l'hôtel. Viens.

Hamish raccrocha.

– Alors, Macbeth, dit Daviot, que se passe-t-il ?

Hamish froissa la lettre dans sa main en maudissant intérieurement Elspeth et afficha un air ingénu.

– Je venais prendre des nouvelles de Mr Blair. J'ai entendu dire qu'il était malade.

La mine de Daviot s'assombrit.

– C'est très aimable à vous, mais pour le moment, l'inspecteur-chef Blair est suspendu de ses fonctions.

– Pour quelle raison ?

– Je vous remercie de votre intérêt, mais cela ne vous regarde pas, alors, au travail.

Pestant contre les pouvoirs psychiques d'Elspeth auxquels il ne croyait qu'à moitié, Hamish s'arrêta devant l'hôtel dans un crissement de pneus et entra dans le hall au pas de charge.

Elspeth l'attendait à la réception, l'air inquiet.

– Viens, on va au bar, il faut que tu m'expliques, lui dit-il.

Ils s'attablèrent dans un coin.

– Voilà, commença Elspeth d'un ton anxieux. Soudain, j'ai eu le pressentiment que tu t'apprêtais à tout plaquer au beau milieu de l'enquête. Tu n'en pouvais plus, tu étais préoccupé, et d'un coup, tu te sentais libre.

– Je m'apprêtais à donner ma démission, soupira Hamish d'un air sombre, avec un accent plus prononcé qui trahissait son émotion. J'en ai plus que marre de subir les brimades et les ordres de gens comme Blair et Gannon. Et ne me dis pas que c'est ma faute si je n'ai pas été promu. On ne m'informe de rien, c'est insupportable.

– Je pourrais te répondre que les simples flics n'ont pas accès à toutes les informations, mais je m'abstiendrai.

– Ceci dit sans arrière-pensée, bien sûr, ironisa Hamish.

– Il faut poursuivre l'enquête, Hamish. Tu ne peux pas tout plaquer comme ça. Imagine ce que tu éprouverais si tu laissais tomber et que les meurtres ne soient jamais résolus. Imagine l'atmosphère de soupçon, à Braikie. Ils finiraient par croire que le mari est coupable. Sa vie deviendrait un enfer. Et la pauvre Shona ? Ses parents sont arrivés de Glasgow hier. Ils sont dévastés. Ils ont besoin de la vérité. Viens, je t'accompagne au poste et on met tout ça sur le papier. Je serai ton Watson. On va passer tout le monde en revue.

Une fois au poste, Hamish fit du café et ils s'installèrent tous les deux dans le bureau.

– Bien, dit Elspeth. Commençons par le professeur Sander.

– Il y a de fortes chances qu'il ait plagié le travail d'un de ses étudiants sur Byron. Mais l'étudiant est mort. Le prof n'a pas vraiment d'alibi et c'est lui qui était le plus près de Mrs Gillespie. D'après l'autopsie, elle est morte peu de temps avant que j'arrive. Par conséquent, il est possible qu'il l'ait suivie dans l'allée et qu'il l'ait frappée dans un accès de rage.

– Je vais voir ce que je peux trouver d'autre sur lui. Ensuite ?

– Mrs Fiona Fleming. Mrs Samson avait l'air de penser que Mrs Gillespie la soupçonnait d'avoir tué son mari en le poussant dans l'escalier. Quelque chose me dit que sa mort était un simple accident. Peut-être que Mrs Fleming venait d'entamer sa liaison avec le docteur Renfrew et que Mrs Gillespie la menaçait de tout révéler. Je n'aime pas cette bonne femme, je suis sûr qu'à ses heures, c'est une vraie garce. Mais je ne la vois pas faire ça. À mon avis, le coupable est quelqu'un de froid, de calculateur, de sans pitié. Peut-être quelqu'un qui a trouvé Mrs Gillespie au bas de l'allée, lui a proposé de l'aider à mettre ses affaires dans le coffre de sa voiture et lui a fracassé le crâne avec le seau.

– Passons à Mrs Styles.

– La bonne âme de Braikie. Ça m'étonnerait que ce soit elle. Je pense que si Mrs Gillespie avait essayé de la faire chanter, elle serait allée directement voir la police. Idem pour Mrs Wellington.

– Mrs Barret-Wilkinson ?

– Je n'arrive pas à la cerner. Elle joue les châtelaines. Mais elle a un solide alibi pour le meurtre de Shona.

– Lequel ?

– Le soir où Shona a été tuée, elle était chez une amie à Glasgow. Et pour le lendemain, elle a une facture du Palace, à Inverness. Apparemment, elle s'y est arrêtée sur le chemin du retour.

– Et le docteur Renfrew ?

– Il devait être terrifié à l'idée qu'elle révèle cette histoire de faute professionnelle. C'est une possibilité. Enfin, il y a Miss Creedy, qui admet avoir truqué le bingo pour faire gagner Mrs Gillespie. Je ne tiens pas à ce que ça se sache. Je ne l'imagine pas un seul instant tuer qui que ce soit.

– Et la belle-fille de Mrs Gillespie ?

– Merde ! Je l'avais complètement oubliée. On a dû lui demander son alibi au moment où Shona a été tuée, mais il vaut mieux que j'aille la voir.

– Revenons à Mrs Barret-Wilkinson, dit Elspeth. Tu penses que son amie serait prête à mentir pour elle ?

– La police de Glasgow a dû vérifier son alibi.

– Ce n'est pas leur enquête. Ce serait intéressant d'aller sur place pour voir s'il est possible qu'elle ait menti.

– Je n'ai pas le temps d'y aller. Mes supérieurs me tomberaient dessus.

Elspeth le regarda d'un œil espiègle.

– Et tu ne veux pas perdre ton boulot.

Hamish lui concéda un sourire.

– Tu as raison. Je ne sais pas ce qui m'a pris. Merci. Tu me fais peur, des fois. Tu sais toujours ce que les gens ont dans la tête ?

– Non, rarement, et à Glasgow, jamais. Tu sais quoi ? Toi, tu vas voir la belle-fille et moi, je vais faire un tour là-bas pour interroger l'alibi de Mrs Barret-Wilkinson. Tu peux me donner son nom et son adresse ?

Hamish consulta ses notes.

– Bella Robinson, The Croft, Mylie Road, Bearsden.

– J'essaierai.

Ils se levèrent tous les deux. Hamish la contempla, pris d'une soudaine envie de l'enlacer. Comme si elle le sentait, Elspeth baissa la tête avec embarras et murmura :

– Salut. On s'appelle plus tard.

Elspeth hésita à prévenir Luke, mais décida de ne pas le faire. Il avait dit qu'il n'était pas venu dans les Highlands pour travailler. Luke était en vacances, et avec elle qui voulait être journaliste vingt-quatre heures sur vingt-quatre, il ne pouvait pas boire en paix. Et il buvait beaucoup. Les journalistes avaient souvent tendance à lever le coude mais Elspeth voyait bien que chez lui, ça prenait des proportions inquiétantes. Même bourrés au dernier degré, la plupart des journalistes sont prêts à tout pour décrocher un scoop, vacances ou pas.

Elle prit la direction du sud et traversa les monts Grampians, s'efforçant de chasser Luke de son esprit, et plus difficile encore, un certain policier de sa connaissance.

En arrivant dans la respectable ville de Bearsden, Elspeth s'aperçut que loin d'être une ancienne ferme comme son nom le laissait supposer, The Croft était une coquette maison de plain-pied. Elle était fatiguée, elle avait faim et regrettait de ne pas s'être arrêtée pour manger en chemin.

En remontant l'allée du jardin, elle fut envahie par la déception. Elle avait toujours perçu un sentiment de vide devant une maison inoccupée. Elle avait hésité à téléphoner avant, mais se disait que si jamais Bella couvrait en effet son amie, ça lui mettrait la puce à l'oreille. Elle sonna et attendit un long moment.

Déprimée, elle renonça et alla sonner à la maison d'à côté.

Une imposante matrone avec une poitrine opulente et une abondante chevelure vint lui ouvrir. On aurait dit la figure de proue d'un vieux vaisseau.

– Oui ? demanda-t-elle.

– Je cherche votre voisine, Mrs Robinson, expliqua Elspeth.

– Mrs Robinson est partie dans sa petite maison en Espagne.

Elle avait l'accent pincé faussement distingué des banlieues chics de Glasgow.

– Quand est-elle partie ?

– Hier.

Je ne vois pas ce que je peux faire d'autre, pensa Elspeth avec lassitude. Elle alla à son appartement de Glasgow en se disant qu'elle y passerait la nuit avant de reprendre la longue route du nord. Elle téléphona à Hamish. Son portable était éteint. Elle essaya le poste de police, tomba sur le répondeur et laissa un message.

Au pub du port, Hamish essayait de réconforter Archie MacLean. Une lettre froissée était posée sur la table balafrée.

– Saloperie de gouvernement, marmonna Archie, le visage ruisselant de larmes. Me forcer à désarmer mon bateau ! M'ordonner de l'envoyer à la casse au Danemark ! Le *Sally Jane* est ma vie. Sans lui, je mourrai. Qu'est-ce que je vais devenir ?

– Laissez-moi faire, lui assura Hamish. Je vais lancer une pétition.

Archie s'essuya les yeux avec sa manche.

– C'est gentil, Hamish, mais on a déjà essayé.

Le gouvernement britannique avait massacré une bonne moitié de la flotte de pêche écossaise pour éviter la surexploitation des eaux.

– Ils offrent des indemnités ?

– Pas grand-chose. Je n'ai pas accepté le plan de sortie de flotte.

– Je vais voir ce que je peux faire.

Hamish se rendit à l'église, qui restait toujours ouverte. Il tira la corde pour sonner la cloche, qui retentit dans tout le village. Les habitants de Lochdubh se précipitèrent hors de chez eux, le pasteur et sa femme accoururent du presbytère, ameutés par le tocsin qu'on n'entendait qu'en cas de danger. Les anciens du village racontaient qu'il avait sonné pendant la Seconde Guerre mondiale, quand un bateau de pêche avait aperçu un destroyer allemand.

– Que se passe-t-il ? haleta Mrs Wellington.

Hamish monta dans la chaire, tandis que les villageois commençaient à affluer.

– Le gouvernement a ordonné le désarmement du bateau d'Archie MacLean. Il doit l'envoyer à la casse au Danemark. Je veux qu'on lance une pétition.

– Je m'en charge ! cria Mrs Wellington.

– C'est un bon début, poursuivit Hamish. Mais ça ne suffira pas. Il reste peut-être des journalistes à l'hôtel, je vais voir si ça peut les intéresser.

Mr Patel courut au magasin chercher des rames de papier à imprimante. Une table fut installée dans la salle paroissiale et les gens se pressèrent pour signer.

Hamish descendit de la chaire et après avoir ajouté son nom à la liste se rendit au Tommel Castle Hotel.

– Il y a encore des journalistes de la presse nationale ? demanda-t-il à Mr Johnson.

– Ceux de la télévision sont partis, mais il en

reste deux de la presse nationale, un d'un journal français et quelques-uns de la presse écossaise. Vous les trouverez au bar.

En entrant dans le bar, une idée audacieuse lui vint soudain à l'esprit.

Luke était là, le regard noyé dans l'alcool.

– Messieurs les journalistes, cria-t-il. J'ai une histoire qui pourrait vous intéresser.

Le silence se fit.

– Un pêcheur d'ici, Archie MacLean, est obligé de désarmer son bateau et a reçu l'ordre de l'envoyer à la casse au Danemark.

Des regards blasés se tournèrent vers lui. Un pauvre pêcheur de plus au chômage. Ils connaissaient la chanson.

– Et donc, dit Hamish en haussant la voix, les villageois sont tellement furieux contre le gouvernement qu'ils déclarent l'indépendance de Lochdubh.

Il avait toute leur attention, à présent.

Un certain nombre d'entre eux se demandaient déjà si un titre comme « David contre Goliath » n'était pas trop ringard.

– Si vous voulez bien me suivre à la salle paroissiale, vous comprendrez.

Hamish repartit et fonça à l'église, où tout le village se bousculait à présent autour de la table de la pétition.

– J'ai déclaré l'indépendance de Lochdubh, cria-t-il. Les journalistes arrivent. Pas de gaffe, surtout, dites-leur la même chose.

– On peut installer des barrages dans le village et leur demander leur passeport ? lança un grand forestier.

– Excellente idée, répondit Hamish. Mais faites vite. Je les entends arriver. J'ai besoin de volontaires pour m'emmener au poste et m'enfermer en cellule.

La presse arriva juste à temps pour voir Hamish escorté sous bonne garde le long du quai. Quelle belle invention que ces smartphones équipés de caméra, jubila intérieurement Hamish. Dès demain, ça passera à la télé.

Les villageois l'enfermèrent avec Lugs et Sonsie dans l'unique cellule du poste de police et s'en allèrent, non sans lui avoir glissé au préalable la clé entre les barreaux « des fois que vous auriez un petit creux cette nuit ».

Hamish téléphona ensuite à Elspeth et lui raconta ce qui s'était passé.

– Je suis éreintée, Hamish, mais je ne peux pas louper une histoire pareille. Je vais faire la route de nuit.

Bien qu'à l'écart des circuits touristiques, Lochdubh était un village des Highlands très pittoresque. Le lendemain matin, l'histoire avait fait le tour du monde. Du nord de l'Écosse au Japon, on vit des images d'un Archie effondré pleurant à gros sanglots.

Des contingents de policiers dépêchés de Strathbane tombèrent sur des barrages gardés par des villageois armés de carabines à gros calibre et de fusils de chasse.

Blair essaya de se poser dans un hélicoptère de la police, mais fut repoussé par des tirs de mortiers – non pas des mortiers de l'armée, mais de simples engins pyrotechniques qui restaient du dernier feu d'artifice.

Un petit plaisantin avait trouvé un drapeau à tête de mort provenant d'une représentation des *Pirates de Penzance* donnée par une troupe amateur et l'avait hissé en haut du mât sur le quai. Seuls les journalistes étaient autorisés à franchir les barrages.

Hamish fut photographié dans sa cellule. « C'est scandaleux, confiait-il, mais d'un autre côté, je ne peux pas leur en vouloir. »

Il ne lui restait plus à espérer que Londres réagisse avant que la police décide de recourir à la force.

Au 10 Downing Street, le Premier ministre Simon Turl faisait les cent pas. Sa popularité était en chute libre. Comme il ne perdait jamais une occasion de poser devant les objectifs et de faire les gros titres des journaux, il était conduit à adopter des lois impopulaires sans même en mesurer les conséquences.

– Qu'est-ce que je dois faire ? demanda-t-il à sa conseillère, Sandy McGowan.

– Arrêtez de tergiverser. C'est très simple, maugréa Sandy. Dites que le petit pêcheur a reçu ce papier par erreur et qu'il va y avoir une enquête.

Faites vite. Histoire de couper l'herbe sous les pieds à ces villageois. Déclarez qu'il n'y aura pas de poursuites.

– Mais d'autres pêcheurs risquent de les imiter.

– Les médias ne s'y intéresseront pas. Ça sentirait le réchauffé. Dépêchez-vous.

– Je devrais peut-être y aller moi-même. Je me vois bien sur le port…

– C'est ça, caillassé par les gens du coin. Laissez, je m'en occupe. Vous êtes attendu au Parlement.

Le commissaire Daviot ordonna d'équiper les policiers de tenues anti-émeute, de pistolets Taser et de bombes lacrymogènes.

Ils débarquèrent en force devant la barricade dressée sur la route de Strathbane.

Les villageois de garde brandirent leurs armes d'un air sombre.

Au moment où Daviot s'apprêtait à donner l'ordre de charger, son portable sonna. C'était Helen, sa secrétaire.

– Le bureau du Premier ministre a appelé. Il faut vous retirer. Ce papier a été envoyé par erreur à Archie MacLean. Il n'y aura aucune poursuite et il peut garder son bateau. Il faut vite calmer le jeu et stopper la médiatisation.

Les villageois qui tenaient la barricade observaient la scène d'un œil inquiet. Daviot s'approcha.

– L'ordre de désarmer a été envoyé par erreur à Archie MacLean. Par conséquent, dégagez-moi ce barrage immédiatement. Si ça ne tenait qu'à moi, je vous arrêterais tous, mais j'ai ordre du 10 Downing Street de renoncer à toutes les poursuites.

De sa cellule, Hamish entendit les acclamations. Il ouvrit la porte et sortit du poste de police.

Les villageois accoururent à la rencontre des hommes qui revenaient du barrage en poussant des cris de joie.

Dès qu'il aperçut Hamish, Archie MacLean s'exclama :

– Le voilà ! Mon héros !

La foule s'attroupa autour d'Hamish et le porta en triomphe tout le long du quai.

Sur la route de Strathbane, l'inspectrice Mary Gannon se tenait au sommet d'une crête qui dominait le village.

– Passez-moi des jumelles ! cria-t-elle.

Un policier lui en tendit une paire. Elle les leva, les régla et regarda d'un œil noir l'image grossie d'Hamish Macbeth porté fièrement dans tout le village.

– Alors comme ça, cette fripouille est responsable de ce fiasco, murmura-t-elle. Il nous a fait perdre notre temps. Je l'aurai.

Elle se tourna vers la sergente qui était à ses côtés.

– Préparez vos menottes et suivez-moi, lui ordonna-t-elle.

La procession triomphale se dirigeait vers le

pub lorsqu'elle tomba sur une inspectrice de fort mauvaise humeur.

– Posez-le ! cria Mary Gannon. Hamish Macbeth, je vous arrête pour incitation à l'émeute. Tout ce que…

– Non, non, intervint Archie en la fusillant du regard. C'est pour nous excuser. Le pauvre, on l'a enfermé dans sa cellule. Il n'a rien à voir avec tout ça.

Mary se tourna vers la foule.

– C'est vrai ?

Les villageois acquiescèrent en chœur.

Mary comprit soudain qu'elle avait commis une lourde erreur. Les caméras de la télévision étaient braquées sur elle. Elle savait que le 10 Downing Street voulait étouffer l'affaire et ne croyait pas un seul instant qu'Archie MacLean ait été victime d'une simple méprise. On lui reprocherait d'avoir alimenté la machine médiatique.

Mary tourna les talons et s'en alla.

Hamish fila se réfugier au poste de police et s'enferma à double tour pour éviter la presse.

Puis un mot fut glissé dans la boîte aux lettres.

Laisse-moi entrer. Elspeth, disait-il.

9

« Mon cerveau est en pleine effervescence. »

Robert Burns

Hamish ouvrit la porte.

– Entre vite, dit-il.

Elspeth se faufila à l'intérieur. Elle avait l'air épuisée.

– Incroyable, cette histoire. Depuis que je suis revenue de Glasgow, j'enchaîne les papiers, je n'ai quasiment pas dormi.

– Je vais prendre un whisky. Ça te dit ? lui demanda Hamish. À un moment, j'ai cru que j'avais fait une énorme bourde. Je voyais déjà les pauvres sœurs Currie en larmes à cause du gaz lacrymogène et des gens d'ici se faire taser.

– Je suis étonnée que notre divin maître ne soit pas venu. Sa femme et lui adorent poser devant les objectifs.

– Il a peut-être eu peur de se faire massacrer. Un whisky ?

– Juste un, pour t'accompagner, et après je vais me coucher.

– Seule ?

– Mais ça ne va pas, non ? s'indigna Elspeth. De quel droit tu me demandes ça ?

– Pardon, s'excusa Hamish. Je n'aurais pas dû. Arrête de te braquer et assieds-toi. On dirait Sonsie quand elle hérisse le poil.

– Où ils sont, les monstres ?

– En balade. Je les ai fait sortir par la fenêtre de la cuisine.

– Comment sauras-tu quand ils voudront rentrer ?

– Sonsie saute sur le rebord de la fenêtre et tape au carreau.

– Qu'est-ce qui lui a pris, à l'inspectrice ? Daviot avait promis qu'il n'y aurait pas de poursuites. Mais bon, ça faisait un bon scoop.

– Ne me dis pas que tu en as parlé !

– On en a tous parlé. Pourquoi a-t-elle fait ça ? C'est une policière de carrière, pourtant.

– Je crois qu'elle aime l'autorité que lui donne son statut. Elle ne doit pas supporter les gens comme moi. Où est Luke ?

– À l'hôtel, avec les autres journalistes. Mr Johnson va être soulagé que ça se termine, il est obligé de refuser des touristes. Quasiment toutes les chambres sont occupées par la presse.

– C'est bon pour les affaires, non ?

– Pas vraiment. L'hôtel dépend d'une clientèle d'habitués qui reviennent chaque année. La plupart des journalistes seront partis demain.

Hamish servit deux whiskies et posa une carafe d'eau à côté.

– Tu n'ouvres pas ton courrier ? demanda Elspeth en voyant des lettres qui traînaient sur la table de la cuisine.

– Ça doit être des factures. Je regarderai demain.

Elspeth jeta un coup d'œil aux enveloppes.

– Celle-là est personnelle, elle a été postée à Inverness.

– Montre.

Hamish ouvrit l'enveloppe et parcourut rapidement la lettre.

– Ça alors, dit-il.

– Qu'y a-t-il ?

– C'est Mr Abercrombie, le père de l'étudiant, tu sais, celui qui accusait Sander d'avoir plagié son travail. Il dit qu'une femme est venue le voir l'autre jour en déclarant qu'elle était une amie de son fils et qu'ils étaient ensemble à l'université. Elle était bouleversée d'apprendre que Sean était mort. Elle se souvient que le professeur Sander avait demandé à Sean de taper le manuscrit d'un livre sur Byron. Apparemment, après, Sean a commencé à dérailler et prétendu que c'était son livre. Il n'arrêtait pas de jurer qu'il allait décrocher de la drogue.

– Donc, dans le cas de Sander, l'hypothèse du chantage tombe à l'eau, observa Elspeth.

– Non, pas du tout. Il doit y avoir autre chose. Un type aussi prétentieux que lui n'aurait jamais supporté une bonne tyrannique sans qu'elle ait des informations compromettantes sur lui. L'inspectrice Gannon voulait que je le surveille. Elle tenait peut-être une piste. Je m'y remets demain. Mais avant, je vais parler à la belle-fille. Peut-être que quelque chose lui est revenu.

– Je t'accompagne, proposa Elspeth.

– Ça m'attirerait des ennuis. Je ne suis pas censé faire monter de simples citoyens dans la voiture de patrouille, sauf si je les arrête.

– Mais non, on prendra ma voiture, espèce d'idiot. Tu ne peux quand même pas le filer dans une voiture de flic.

– Ah oui, c'est vrai. J'avais pris la voiture d'Angela, la dernière fois. Mais les voisins m'ont vu garé dans l'impasse et ont appelé la police.

– Un couple passe plus inaperçu. Admettons qu'il se rende quelque part en dehors de Braikie. Pour aller à Strathbane ou à Inverness, il est obligé de passer par la rue principale. On n'a qu'à l'attendre là.

Hamish était encore hésitant. Elspeth l'observa et sourit.

– Mais oui, on embarque ta ménagerie, ne t'en fais pas, tu n'auras pas à demander à Angela de s'en occuper pour toi.

– Merci. Angela commence à en avoir assez. Je te retrouve aux alentours de midi. Ça me laisse le temps d'aller voir la belle-fille de Mrs Gillespie.

Le lendemain, il faisait beau, et seul un fond d'air frais annonçait l'arrivée de l'interminable et sombre hiver écossais. Même les montagnes au loin étaient bleues, comme si elles avaient pris la couleur du ciel dégagé.

Devant chez Heather Gillespie, la mer était calme. Des phoques se prélassaient au soleil sur la plage. En entendant la voiture d'Hamish, ils gagnèrent la rive en se dandinant comme de vieux messieurs perclus d'arthrite.

À la surprise d'Hamish, ce fut Tom Morrison, l'ex-mari d'Heather, qui vint lui ouvrir.

– Vous êtes étonné de me voir ? lui dit-il avec un grand sourire. On s'est remis ensemble. On va se remarier le mois prochain.

– Formidable. Heather est là ?

– Entrez donc. Je vais la chercher.

Heather apparut, visiblement heureuse. Pourvu qu'on ne découvre pas qu'elle a tué sa mère dans un accès de rage, songea Hamish. Il s'étonna soudain que les voisins aient tous remarqué sa propre présence lorsqu'il surveillait le professeur alors qu'ils n'avaient vu personne le jour du meurtre de Mrs Gillespie. Se pouvait-il que le meurtrier se soit fait passer pour un facteur ou se soit fondu dans le paysage ?

Il s'aperçut qu'Heather le regardait d'un œil amusé.

– Je vous ai demandé deux fois si vous vouliez du thé ou du café, dit-elle.

– Pardon, je viens de penser à quelque chose. Non merci. Dites-moi, rien ne vous est revenu, au sujet de votre belle-mère ?

– Je ne vois pas, non. À part m'humilier et briser mon mariage, je n'ai aucune idée de ce qu'elle fabriquait.

– Elle n'a jamais laissé entendre qu'elle avait une quelconque emprise sur un de ses employeurs ?

– Non, elle était trop occupée à l'exercer sur papa et moi. Je suis contente qu'elle soit morte. Le cancer de papa est en rémission. Les médecins disent que c'est un miracle.

– Je sais bien qu'entre le meurtre de votre belle-mère et votre couple à ressouder, vous avez beaucoup de choses en tête, mais quand vous aurez un moment, essayez de vous rappeler si elle n'aurait pas laissé échapper une information quelconque qu'elle aurait découverte sur quelqu'un.

Elle le lui promit et Hamish prit congé. À présent, il allait retrouver Elspeth pour prendre le professeur en filature.

La journée fut longue et pénible. À la nuit tombante, Hamish éprouvait une telle attirance pour Elspeth qu'il se sentait de plus en plus à cran. Il aurait bien voulu lui parler, mais il craignait qu'elle ne le rejette. Il savait qu'avec elle, c'était le mariage ou rien, et il n'avait franchement aucune envie de se marier.

– Le voilà ! s'exclama soudain Elspeth.

Ils se lancèrent à la poursuite du professeur. Elspeth conduisait.

– Reste à distance, la prévint Hamish. Les routes sont quasiment désertes, il ne faut pas qu'il nous voie.

Le professeur Sander prit la route de Strathbane. Hamish soupira.

– Peut-être que la librairie où il est allé la dernière fois ferme tard. Il va s'acheter des livres et rentrer chez lui. On aura perdu notre journée.

– Tant qu'à faire, autant continuer, répondit Elspeth en négociant un virage en épingle à cheveu. Vivement la ligne droite, que je puisse le suivre de loin.

Une fois en ville, la voiture du professeur disparut, et Elspeth accéléra.

– Je l'ai perdu, se lamenta-t-elle.

– Mais non, la rassura Hamish. Je l'ai vu tourner vers le parking aérien.

Deux voitures cherchaient des places derrière celle de Sander. Le professeur se gara au troisième étage. Elspeth trouva une place un peu plus loin.

Quand le professeur descendit de voiture et se dirigea vers l'ascenseur, ils prirent l'escalier et le dévalèrent quatre à quatre.

Il y avait tellement de monde dans les rues qu'ils purent le suivre sans risque d'être repérés.

Étonnamment, leur cible entra dans un McDonald's.

– On ne peut pas y aller, dit Elspeth. Il nous verrait.

– On va attendre en face. C'est un fast-food, il n'en a pas pour longtemps.

Vingt minutes plus tard, Sander ressortit et se dirigea vers le parking.

– Ce petit emmerdeur va rentrer chez lui, soupira Hamish.

– On ne sait jamais. On va chercher la voiture et on le suit, dit Elspeth.

Mais la voiture du professeur s'engagea dans une rue qui menait sur les quais. Ils le suivirent de loin.

– Gare-toi là, dit Hamish. Il ne peut pas aller plus loin, c'est un cul-de-sac. On va aller voir.

Ils se faufilèrent discrètement en restant dans l'ombre des entrepôts noirs qui sentaient encore la suie. La BMW du professeur était arrêtée mais le moteur tournait.

Trois jeunes émergèrent de l'obscurité.

– J'espère qu'il ne va pas se faire agresser, murmura Elspeth. On serait obligés d'intervenir.

Le professeur baissa la vitre.

– C'est des dealers, tu crois ? chuchota Elspeth. Ils discutent, visiblement.

Puis deux des jeunes se fondirent dans l'ombre et l'autre fit le tour de la voiture et monta côté passager.

– Non, pas des dealers. C'est un prostitué. Il

est monté à l'avant, donc c'est une pipe vite fait. Ça ne devrait pas durer.

– Tu ne les arrêtes pas ?

– Quand le garçon s'est penché vers la voiture avec les autres, je l'ai bien regardé à la lumière des phares. Il est majeur.

– Oui mais…

– Ça n'arrête pas dans ce trou à rats, soupira Hamish d'un ton las. Drogue, prostitution, et j'en passe. Mais là, je peux aller voir Sander demain et lui demander si c'est pour ça que Mrs Gillespie le faisait chanter. Il n'est pas question de le dénoncer et de foutre sa vie en l'air. Tu imagines un peu, si Blair apprend ça ?

– Il paraît qu'il a été suspendu.

– À tous les coups, il est revenu. C'est un lèche-cul de première, il a une façon de se mettre la hiérarchie dans la poche qui confine au génie. Allez, on y va.

Ils regagnèrent la voiture d'Elspeth.

– Je commence à croire que Braikie est un lieu de perdition, dit Elspeth.

– Je suis sûr qu'aucun de nous n'aimerait qu'on fouille dans notre vie privée.

– Je peux t'accompagner chez le professeur, demain ?

– Enfin, Elspeth, comment veux-tu que j'explique la présence d'une journaliste ? Et n'oublie pas, c'est strictement confidentiel. Arrête-toi à la sortie de la ville. Il faut que je nourrisse les monstres et j'ai une faim de loup, moi aussi.

Une fois rentré, Hamish écouta son répondeur et fut étonné de constater qu'il n'avait aucun message. Il était sûr que Blair ou Gannon l'aurait appelé pour savoir où il était.

Il fit sa toilette, se déshabilla et se mit au lit, aussitôt rejoint par Sonsie et Lugs.

– Il vaut mieux que vous restiez ici, demain, leur dit-il.

Il se prit à regretter qu'Elspeth ne soit pas couchée auprès de lui à la place de ses deux compagnons. Mais Elspeth ne voulait pas d'une simple relation amoureuse. Il fallait passer par la case mariage.

Hamish comptait aborder la question du prostitué avec délicatesse – et devait regretter pendant des années de ne pas l'avoir fait – mais le professeur Sander se lança d'emblée dans une tirade sur le harcèlement policier et la stupidité des flics de campagne qu'il attribuait à la consanguinité.

Alors Hamish n'y alla pas par quatre chemins.

– Que faisiez-vous hier soir à accoster un prostitué à Strathbane ?

Le professeur avait laissé Hamish sur le pas de la porte. Son visage devint terreux.

– Entrez, dit-il faiblement.

Hamish le suivit dans son bureau. Le professeur

Sander se laissa tomber dans un fauteuil et fixa le sol.

– C'est pour ça qu'elle vous faisait chanter ? demanda Hamish.

– J'en avais invité un ici.

Le professeur avait perdu son outrecuidance et Hamish devait tendre l'oreille pour l'entendre.

– On avait beaucoup bu et il est resté dormir. Quand je suis descendu, le lendemain matin, je l'ai trouvé dans la cuisine avec Mrs Gillespie. C'est après ça que le chantage a commencé.

– Qu'est-ce qu'elle voulait ?

– De l'argent, bien sûr. Mais en plus, elle me traitait comme un larbin. Si elle voulait aller à Inverness, par exemple, il fallait que je l'accompagne. Un jour, j'ai dû lui acheter une télévision et un lecteur de DVD hors de prix. Je ne pouvais pas aller voir la police.

– Vous l'avez tuée ?

– Non. Quand j'ai vu qu'elle était morte, j'ai juste été soulagé. Vous avez dû me suivre, s'indigna-t-il, retrouvant un peu de son arrogance. C'est du harcèlement. Si vous vous en prenez à moi, je vous fais virer. J'ai des amis haut placés.

Et c'est ainsi qu'au lieu de lui assurer qu'il garderait le silence, Hamish rétorqua :

– Vous avez intérêt à les appeler, vos amis haut placés. Vous aurez de mes nouvelles.

Il alla au Tommel Castle Hotel, où Elspeth l'attendait pour savoir comment ça s'était passé.

Elle l'écouta attentivement puis le fixa de ses étranges yeux gris.

– Tu ne lui as pas dit que tu ne le dénoncerais pas ?

– J'allais le faire, je t'assure, mais il a repris ses grands airs, et je voulais juste le laisser mariner un peu. Qu'est-ce qu'il y a ? Tu voulais que je le dénonce, pourtant.

– J'ai un mauvais pressentiment, dit Elspeth. Je sais que c'est un con prétentieux, mais imagine. Cette enquête au sujet de son livre a dû le mettre à rude épreuve. Il devait se tenir à carreau depuis un moment. Et une fois que l'orage est passé, il a filé à Strathbane histoire de… fêter ça. Il doit être en train de penser aux gros titres dans les journaux.

– Un homme qui va voir un prostitué, ça ne vaut même pas un entrefilet, de nos jours.

– Les gens qui ont peur croient toujours qu'ils vont se retrouver en première page des journaux. Je t'en supplie, Hamish, va lui dire que tu garderas ça pour toi.

– Je t'assure, quand je l'ai quitté, il s'était remis de ses émotions. Bon, d'accord, je vais aller le voir histoire de le tranquilliser.

Elle l'accompagna jusqu'au parking.

– Il est peut-être déjà trop tard. Regarde le ciel !

Des nuages noirs venus de l'Atlantique s'étiraient à l'horizon tels de longs doigts effilés.

– Ils annoncent la pluie, c'est tout, ronchonna Hamish.

Il s'éloigna lentement en se sachant observé par Elspeth.

N'importe quoi, maugréa-t-il en lui-même. Il se rappela qu'il n'avait pas encore pris son petit déjeuner et décida de passer d'abord au poste, où il se prépara des œufs au bacon avec des saucisses qu'il mangea tranquillement. Puis il nourrit Lugs et Sonsie et les laissa sortir un moment avant de se mettre en route à contrecœur pour Braikie. Le vent se renforçait et le ciel était noir.

Il y eut un éclair suivi d'un coup de tonnerre fracassant. Il en avait par-dessus la tête d'Elspeth et de ses lubies. Une pluie cinglante s'abattit soudain.

En arrivant sur la route côtière, il vit avec soulagement que la marée était basse, mais d'énormes vagues illuminées par les éclairs se soulevaient au large, dans l'Atlantique. Le spectacle était apocalyptique, comme si la mer venait reprendre ses droits sur tous les vallons qu'elle submergeait jadis. Les jours de mauvais temps, le Sutherland donnait aux humains le sentiment de n'être que les habitants éphémères d'une planète de plus en plus en colère.

Il descendit de la Land Rover devant la maison du professeur et remonta la petite allée. Il avait oublié de mettre son ciré et le temps qu'il atteigne le porche, son pull et son pantalon réglementaires étaient trempés.

Il sonna mais personne ne répondit. La voiture

de Sander était dans l'allée. Il essaya la poignée. La porte n'était pas fermée.

Il doit être en train de picoler, supposa Hamish.

– Professeur Sander ! cria-t-il.

Le tonnerre gronda au loin.

Hamish entra dans le bureau. Il était peut-être allé se coucher. Il monta, chercha la chambre du professeur, mais elle était également vide.

Hamish eut le cœur plus léger. Décidément, Elspeth avait de drôles d'idées ! À tous les coups, Sander était allé faire les courses à pied et s'était fait surprendre par la pluie.

Mais pourquoi n'a-t-il pas fermé la porte ? s'étonna une petite voix dans sa tête.

Il haussa les épaules et décida de fouiller la maison de fond en comble pour pouvoir rassurer Elspeth. Le salon était désert.

Il ouvrit la porte de la cuisine et resta figé sur place.

Le corps sans vie du professeur Sander pendait au bout d'un croc de boucher fixé au plafond.

Qu'est-ce que j'ai fait ? se lamenta intérieurement Hamish. Il prit son portable et appela le commissariat. Sur la table de la cuisine, il y avait une enveloppe cachetée adressée au procureur. Il avait envie de l'ouvrir. Que disait la lettre ? Que c'était à cause d'Hamish Macbeth qu'il ne pouvait plus vivre ?

Il retourna dans l'entrée, s'assit près de la porte sur une chaise inconfortable et attendit.

Blair arriva, suivi de Jimmy Anderson, deux policiers et la légiste. Il fallait que ce soit Blair, évidemment, se dit Hamish.

– Dans la cuisine, murmura-t-il faiblement.

– Restez là, grommela Blair.

Hamish obtempéra. L'équipe de la police scientifique arriva.

– Alors, lui lança Blair, qu'est-ce que vous faisiez là ?

Hamish réfléchit rapidement.

– On pensait que le livre que le professeur Sander avait écrit sur Byron était un plagiat. Un étudiant l'avait accusé d'avoir volé son travail. Je venais d'avoir la preuve que ce n'était pas le cas et j'étais passé prévenir le professeur. Je l'ai trouvé mort.

– Levez-vous quand vous vous adressez à un supérieur. Bon, voilà qui boucle l'affaire.

– Comment ça ?

– Retournez à vos moutons, mon gars, et laissez faire les spécialistes.

Jimmy brandit un bout de papier dans le dos massif de l'inspecteur-chef, disant : *À tout à l'heure.*

De retour au poste, Hamish appela Elspeth pour lui apprendre la nouvelle.

– Il me faut une déclaration officielle. Je file à Braikie. Il vaut mieux que Luke m'accompagne.

Luke, soupira Hamish après avoir raccroché. Je l'avais oublié, celui-là. Il ressentit une pointe de jalousie.

Il passa le reste de la journée à s'occuper de ses bêtes et de son potager. L'orage s'était éloigné vers l'est et le temps était frais et ensoleillé.

Alors que la première étoile brillait dans le ciel, il se mit à songer à Elspeth. Mais dans un coin de sa tête, une petite voix mesquine le mettait en garde, le soupçonnant de s'intéresser à elle uniquement parce qu'elle était arrivée en compagnie de Luke. Il s'efforça de l'ignorer. Il la voyait bien vivre au poste de police. Ce serait drôle. Il aurait de la compagnie durant les longs et sombres mois d'hiver. La connaissant, elle ne voudrait pas rester oisive, mais elle pourrait sûrement récupérer son ancien poste au journal local. Ce serait génial d'avoir un fils. Voudrait-elle d'un grand mariage ? Elle peut-être pas, mais sa mère à lui, certainement.

Ses douces rêveries furent interrompues par l'arrivée de Jimmy Anderson.

– C'est réglé, dit Jimmy. Dites, vous comptez rester là à contempler vos poules avec un sourire béat ou on peut aller à l'intérieur ?

Hamish l'emmena dans la cuisine et sortit du placard une bouteille de whisky et des verres.

– Comment ça, c'est réglé ?

– La lettre qu'a laissée Sander. Il dit… Attendez. Je l'ai recopiée, dit-il en feuilletant un vieux carnet écorné qu'il avait sorti de sa poche. Ah, je l'ai. *Je suis désolé pour tout. Oui, je suis coupable, je ne peux vivre avec cette honte. Je ne survivrais pas en prison.* Il l'a signée. L'affaire est bouclée. On ne sait pas encore pourquoi il a tué Mrs Gillespie, mais il est probable que cette vieille bique devait détenir des informations compromettantes à son sujet que Shona a dû découvrir. Daviot est aux anges. Il a donné une conférence de presse. Les journalistes s'en vont tous. Ça doit vous soulager.

Hamish servit lentement deux whiskies.

– Il n'a pas commis ces meurtres, Jimmy.

– Mais enfin, il a quasiment avoué.

Hamish lui parla alors du prostitué et de la façon dont Mrs Gillespie le faisait chanter.

– J'aurais dû dire au professeur que je comptais ne rien faire. Mais il était tellement prétentieux que j'ai décidé de le laisser mariner un peu. C'est comme si je l'avais tué.

– C'était un sale bonhomme. Ce n'est pas une grande perte, observa Jimmy sans pitié. Ce whisky est immonde, Hamish. C'est quoi ? Du Dream o' the Glens. À tous les coups, il vient du Japon.

– Il était en promo. Vous n'avez qu'à ne pas en boire, s'il ne vous plaît pas. Vous ne voyez pas le problème ? Si je dis à Blair ce que je sais, je risque d'être suspendu ou même renvoyé. Ils seront furieux de voir que l'affaire n'est pas bouclée.

– Je ne peux pas garder cette information pour moi, Hamish. Vous ne voulez quand même pas que le coupable s'en tire comme ça.

– Vous pouvez me donner deux jours ?

– On n'est pas à la télé, quand le supérieur répond au flic : « Vous avez vingt-quatre heures. »

Et pour vous, ça sera encore pire si vous donnez l'impression d'avoir dissimulé cette information. Écoutez, voilà ce que je vais faire. Je vais essayer de mettre la main sur le garçon qui a passé la nuit avec le prof et qui a été surpris par Mrs Gillespie. Je ferai un rapport en suggérant que c'est peut-être la véritable cause de son suicide. Je laisserai entendre que le type s'apprêtait à tout déballer. Ils vont m'en vouloir à mort.

– Merci, Jimmy. Il y a quelque chose qui me turlupine.

– C'est peut-être lui, Hamish.

– J'ai besoin de réfléchir. Ça m'étonne que l'inspectrice Gannon ne soit pas venue.

– Elle a été mutée à Inverness. Blair, vous l'aurez compris, n'a pas été suspendu bien longtemps. Apparemment, il aurait dit qu'on ne voulait pas de ces conneries féministes à Strathbane. Daviot en veut à Gannon d'avoir « mis le bazar inutilement ». C'est un triste jour pour la libération de la femme. Les rares femmes de la police qui espéraient monter en grade sont furieuses, elles aussi, et estiment qu'elle a anéanti leurs chances de promotion.

Cette nuit-là, Hamish n'arrivait pas à fermer l'œil. Tous les gens qu'il avait interrogés défilaient en boucle dans sa tête. Brusquement, il se redressa dans son lit. Mrs Gillespie avait reconnu le docteur Renfrew dans une émission télévisée. Une maître-chanteuse aurait immédiatement enregistré la suite sur une cassette vidéo ou un DVD. Probablement une cassette. Mais elle possédait un lecteur de DVD. Le professeur avait dit qu'elle lui en avait fait acheter un. Ça datait peut-être d'avant. Il téléphona à la belle-fille, Heather. Tom Morrison lui répondit d'une voix endormie.

– Qu'est-ce que vous voulez ? demanda-t-il sèchement. Il est deux heures du matin.

– C'est urgent. Il faut que je parle à Heather.

Il entendit des ronchonnements, puis Heather prit l'appareil.

– Est-ce que Mrs Gillespie a enregistré beaucoup d'émissions de télévision ?

– C'est pour me demander ça que vous me réveillez au beau milieu de la nuit !

– C'est important. Réfléchissez bien !

– Oui, mais pas tant que ça. Je comptais justement aller chez mon père aujourd'hui pour jeter pas mal de choses. Il y a un carton de cassettes vidéo au grenier.

– Et des DVD ?

– Non. Elle n'a jamais compris comment ça marchait.

– Je vous retrouve chez votre père à sept heures, demain matin.

– Soyez sympa !

– OK, disons huit heures.

Hamish raccrocha. Visiblement, Mrs Gillespie appréciait les émissions de téléréalité de Trant TV. Sait-on jamais, peut-être avait-elle enregistré une autre émission après avoir reconnu quelqu'un. Ce serait curieux, comme coïncidence. D'un autre côté, beaucoup de gens étaient venus s'installer dans les Highlands parce qu'ils fuyaient quelque chose. Depuis combien de temps Mrs Fiona Fleming vivait-elle à Braikie, par exemple ? Et à en juger d'après les photos qu'il avait vues, l'irréprochable Mrs Styles était ravissante étant jeune.

Il dormit à peine cette nuit-là. Il se leva de bonne heure pour se raser, s'habiller et donner à manger à Sonsie et à Lugs. Après avoir rempli leurs gamelles, il se rendit compte qu'à force de les nourrir trop souvent par culpabilité, ils devenaient gros.

Une fois de plus, il prit la route de Braikie dans la lumière fraîche d'un petit soleil blême qui se levait au-dessus des montagnes.

Il arriva en avance chez Mr Gillespie. Il attendit avec inquiétude dans la Land Rover, jusqu'à ce qu'Heather apparaisse enfin.

Elle le fit entrer et lui chuchota :

– Montez, mais surtout ne faites pas de bruit. Papa doit dormir. J'ai mis beaucoup de choses dans la chambre d'amis. C'était la mienne, autrefois.

Elle poussa une porte.

– Bon, je vous laisse. Il faut que je prenne un café. Vous êtes venu juste à temps. Quelqu'un de l'Armée du Salut va passer tout récupérer cet après-midi.

Hamish ne prêta aucune attention aux sacs en plastique remplis de vêtements.

– Où sont les cassettes ?

– Dans le carton, là-bas, à côté de la fenêtre.

Hamish s'agenouilla à même le sol devant le carton et commença à fouiller dedans. Il y avait divers films, mais trois cassettes ne portaient aucune étiquette. Il faudrait toutes les regarder.

Il descendit dans la cuisine.

– Il y a un magnétoscope, ici ?

– Je n'en ai pas vu. Je crois me souvenir qu'elle l'a jeté quand elle a eu le lecteur de DVD.

Hamish lui donna un reçu pour les cassettes. Il n'avait ni magnétoscope ni lecteur de DVD au poste. Puis il se rappela qu'Angela Brodie avait encore un magnétoscope.

Hamish trouva Angela occupée à préparer le petit déjeuner. Elle posait devant le médecin une assiette d'œufs au bacon garnis de saucisse, de boudin noir et de pain frit.

– Ça va encrasser vos artères, observa Hamish.

– Vous me dérangez au petit déjeuner pour me donner des conseils de régime ? rouspéta le docteur Brodie en écartant d'un revers de main un chat qui essayait de chiper une saucisse dans son assiette.

Hamish expliqua qu'il avait besoin d'un magnétoscope.

– Il y en a un dans le salon, dit Angela. Vous pouvez vous en servir. Il paraît que c'est le professeur, le coupable, ils ne parlent que de ça aux infos.

– Peut-être, se contenta de répondre Hamish.

Il alla dans le salon, alluma la télévision et mit la première vidéo dans le magnétoscope. C'était le documentaire sur le docteur Renfrew, entre autres. La cassette suivante était également une émission de Trant TV consacrée cette fois aux concessionnaires automobiles. Il la regarda jusqu'au bout au cas où Tom Morrison y apparaîtrait, mais il n'y avait rien. Il la sortit et en mit une autre. C'était un autre documentaire dénonçant la pléthore d'articles de contrefaçon en vente sur les marchés. Dépité, il en essaya une quatrième. Il était cette fois question des faussaires dans le milieu des antiquaires.

Angela lui apporta un café. Il la remercia non sans esquisser une grimace en voyant un poil de chat sur le bord de la tasse.

– Vous trouvez ce que vous voulez ? demanda-t-elle.

– Pas vraiment, non.

– Vous cherchez des preuves ?

– J'espérais en découvrir, oui.

– Je vous laisse travailler.

Hamish mit la cinquième vidéo. Il tomba sur un documentaire sur la prostitution. Il écouta des interviews de prostituées en soupirant d'impatience. Il s'apprêtait à arrêter la vidéo quand il entendit un des présentateurs déclarer : « Bien sûr, il y a encore des mannequins de haut vol, comme on dit, qui proposent leurs services dans des clubs discrets de Londres. Nous n'avons pas pu y entrer, mais nous avons retrouvé une vidéo filmée en cachette dans un club privé de Beauchamp Place au début des années quatre-vingt-dix. » Hamish regarda les images au grain marqué. On y voyait des créatures sublimes qui buvaient avec des hommes de toutes sortes. Ça devait coûter une fortune, ce genre de filles, se dit Hamish. Puis un visage familier apparut. Mrs Barret-Wilkinson ! Un des hommes s'approcha d'elle et se pencha pour lui chuchoter quelque chose. Elle acquiesça d'un signe de tête et appela une des filles. Hamish observait la scène, fasciné, mais la vidéo se termina.

C'était donc ça que Mrs Gillespie utilisait comme moyen de chantage sur Mrs Barret-Wilkinson, et Shona se souvenait probablement de ces images.

Qu'en était-il de l'alibi de Mrs Barret-Wilkinson ?

Il décida d'aller directement à Glasgow voir si Bella Robinson était rentrée.

En partant, il supplia Angela de s'occuper une dernière fois de Lugs et de Sonsie et se précipita vers la Land Rover en restant sourd à ses protestations.

Il fonça à l'aéroport d'Inverness et prit l'avion pour Glasgow. Une fois sur place, il loua une voiture et se rendit à Bearsden en se perdant à plusieurs reprises dans le dédale de l'échangeur de Glasgow avant de trouver son chemin.

En arrivant, il vit une voiture garée devant la maison de Bella Robinson. Il alla sonner chez elle.

Une petite femme brune aux cheveux teints, outrageusement maquillée, vint lui ouvrir.

En voyant Hamish, elle eut l'air affolée.

– Je peux entrer ?

– Si vous voulez. De quoi s'agit-il ?

Hamish la suivit dans un salon meublé d'un canapé et de deux fauteuils en cuir blanc. Un petit lustre en cristal était suspendu au plafond et de fausses braises rougeoyaient dans la cheminée à gaz.

– Pourquoi avez-vous menti en disant que Mrs Barret-Wilkinson avait dormi chez vous ?

– Je ne savais pas que c'était une affaire qui concernait la police, répondit-elle d'une voix rauque sans doute abîmée par des années de whisky et de cigarettes. Crystal m'a dit qu'elle avait une liaison avec un homme marié et que sa femme se doutait de quelque chose. Ils comptaient passer la nuit dans un hôtel d'Inverness et si jamais la femme l'accusait de quoi que ce soit, elle dirait qu'elle avait dormi chez moi.

– Vous n'avez pas fait le rapprochement quand vous avez appris le meurtre de la documentaliste de la télé ?

Elle tordit ses mains couvertes de bagues et baissa les yeux.

– Vous êtes plus jeune qu'elle, poursuivit Hamish. Vous faisiez partie des filles du club de Beauchamp Place ? Inutile de me mentir. Je peux me renseigner.

– Oui, et c'est vrai, j'ai eu peur en apprenant

le meurtre, alors après avoir été interrogée par la police, j'ai fichu le camp.

– C'est son vrai nom, Barret-Wilkinson ?

– Oui, elle a épousé un des clients. Elle s'est bien débrouillée. Elle a empoché une fortune à la suite du divorce. De mon côté, j'avais économisé assez d'argent pour vivre confortablement. Je n'étais pas comme les autres filles. Je n'ai jamais touché à la drogue.

– Vous avez soupçonné Mrs Barret-Wilkinson d'avoir tué Shona Fraser ?

– Oui.

– Pour quelle raison ?

Elle soupira.

– Installez-vous, je vous en prie.

Hamish ôta sa casquette et s'assit en se disant que Mrs Fleming aurait apprécié ces meubles blancs.

– C'était en 93, commença Bella Robinson. Un des clients l'avait demandée. Au départ, Crystal était une entraîneuse, comme nous, mais elle était devenue tenancière. Elle a refusé, mais ce soir-là, Freddie Ionedes, le propriétaire, était au club et il lui a ordonné d'y aller. Je ne sais pas ce que le client lui a fait, mais elle a hurlé. Freddie s'est précipité en haut. Il a crié : « Pourquoi tu l'as tué ? » Je n'ai pas entendu ce qu'elle lui a répondu. Je suis montée sur la pointe des pieds. « Espèce de connasse, il lui disait, on va devoir se débarrasser du corps, maintenant. Hors de question que la police débarque ici. J'ai la moitié du gratin britannique en bas. » Je l'ai entendu s'approcher de la porte et je suis redescendue en vitesse. Je ne sais pas ce qu'ils ont fait du corps. Après ça, Crystal m'a annoncé qu'elle arrêtait le métier. Et six mois après, elle m'invitait à son mariage à Chelsea. Un an plus tard, une des filles m'a dit qu'elle avait croisé Crystal par hasard, en tailleur de tweed, très comme il faut. Crystal lui a dit qu'elle avait divorcé et voulait refaire sa vie ailleurs, pour ne pas être rattrapée par son passé. J'aurais dû me douter qu'elle mentait, quand elle m'a dit qu'elle avait une liaison. Quand on a été prostituée, ça vous dégoûte des hommes à jamais.

– Vous devrez faire une déposition sous serment, lui dit Hamish.

– Et ma réputation ? Je suis devenue une femme respectable, vous comprenez, les voisins ignorent tout de mon passé, je ne veux pas qu'ils sachent.

– On essaiera d'être discrets. Un enquêteur passera vous voir d'ici peu. Inutile de vous enfuir de nouveau, on vous retrouverait. Et surtout ne contactez pas Mrs Barret-Wilkinson ou nous vous arrêterons. C'est quoi, son nom de jeune fille ?

– Crystal Jackson.

Hamish retourna à l'aéroport, rendit la voiture de location et prit l'avion pour Inverness. Il pensa soudain à une solution qui lui permettrait d'élucider les meurtres, de se venger de Blair et d'éviter toute chance de promotion d'un coup d'un seul.

Il avait la cassette vidéo dans la Land Rover. Et dans sa poche, un mini-enregistreur très puissant sur lequel était consignée toute sa conversation avec Bella.

Il se rendit au commissariat d'Inverness et demanda à parler à l'inspectrice Gannon.

Elle le fit attendre un long moment.

– Qu'y a-t-il ? lui lança-t-elle sèchement. Vous venez me narguer ?

Hamish sourit.

– Ça vous dirait de vous venger ?

Mary Gannon emmena Hamish dans une salle d'interrogatoire et l'écouta avec un intérêt grandissant expliquer tout ce qu'il avait découvert sur Crystal Barret-Wilkinson. Puis elle écouta les confidences de Bella qu'il avait enregistrées et le conduisit ensuite dans une autre pièce pour visionner la cassette sur un magnétophone.

– Ça nous suffit pour obtenir un mandat de perquisition. Mais tout ça relève encore de la présomption. Si elle prend un bon avocat, elle peut être relaxée ou obtenir un verdict « non prouvé ».

– J'ai une idée, intervint Hamish. Ça pourrait peut-être marcher…

Mrs Barret-Wilkinson ouvrit la porte et toisa le grand policier d'un air hautain.

– Qu'y a-t-il ? Il est dix heures du soir.

– Il est préférable que j'entre, répondit Hamish.

Je viens vous accuser des meurtres de Mrs Gillespie et de Shona Fraser.

– Vous êtes fou. Bon, d'accord, entrez. C'est ridicule.

Une fois dans son salon, Hamish ôta sa casquette, s'assit et la regarda posément.

– Il vaudrait mieux vous asseoir.

Elle prit place en face de lui.

– Nous avons une vidéo de Trant TV où on vous voit travailler comme tenancière d'un club de Beauchamp Place, à Londres. J'ai également une conversation avec Bella Robinson.

Elle écouta l'enregistrement les mains serrées, les multiples bagues qu'elle avait aux doigts s'enfonçant dans sa peau.

– Et alors ? dit-elle à la fin. J'étais une pute qui dirigeait d'autres putes, c'est de l'histoire ancienne. Je n'ai rien à voir avec ces meurtres. Le professeur a avoué.

– Non, pas les meurtres. Mrs Gillespie vous a vue dans le documentaire et vous a fait chanter. Vous avez eu beaucoup de chance. Enfin, pas au début. Je pense que vous avez essayé de la renverser, mais ça n'a pas marché, alors vous l'avez suivie à Moy Hall, au concours de ball-trap, et vous avez essayé de la tuer là-bas. Ensuite, vous vous êtes renseignée sur son emploi du temps et vous l'avez simplement attendue devant chez le professeur. Peut-être vouliez-vous juste la dissuader ou la faire taire en la menaçant. Mais sa réponse vous a mise dans une telle rage que vous l'avez frappée avec son seau. Et puis vous avez reçu la visite de Shona Fraser. Il est probable qu'elle allait voir tout le monde pour mener sa petite enquête. Elle aussi vous a reconnue. Vous l'avez sans doute entendue m'appeler sur son portable. Vous êtes allée à Lochdubh. Vous aviez peut-être remarqué la Land Rover garée sur les hauteurs.

– Quelle Land Rover ?

– Celle de Geordie McArthur.

– Jamais entendu parler.

Hamish fut saisi d'un doute. Elle avait l'air sincère.

– Soit. Donc vous avez pris votre propre voiture. Vous l'avez attendue, cachée dans l'ombre du poste de police, et quand elle est arrivée, vous l'avez frappée à mort. Vous avez traîné le corps jusqu'à la digue pour le jeter à l'eau, mais il a atterri dans une barque. Vous êtes descendue par les marches mais vous avez dû entendre quelqu'un, couper l'amarre et laisser la barque partir à la dérive.

Hamish eut l'impression désagréable qu'elle se détendait.

– Et vous avez des preuves scientifiques à l'appui de vos élucubrations ?

– Nous en obtiendrons. Nous allons fouiller cette maison de fond en comble.

– Si je comprends bien, vous êtes venu m'arrêter pour un double meurtre mais vous n'êtes qu'un policier municipal. Il n'y a pas de policier de haut rang, pas d'enquêteur. Ces accusations fantaisistes sont uniquement de votre fait ?

Hamish s'agita sur son siège.

– C'est ça, j'ai mené ma propre enquête. Mais j'ai suffisamment d'éléments pour lancer des investigations en bonne et due forme. Il vaut mieux que vous me suiviez calmement, ça nous ferait gagner du temps.

– Après tout, autant que je vous suive au commissariat pour vous ridiculiser, espèce d'imbécile.

Elle alla chercher son sac qui était posé sur une table. Elle l'ouvrit et en sortit un pistolet qu'elle braqua sur Hamish.

– Ce n'est pas une bonne idée d'affronter seul un criminel, vous devriez le savoir ! lui lança-t-elle en riant.

– Vous avez commis ces meurtres ? lui demanda Hamish en la fixant posément.

– Oui, mais vous ne pourrez jamais le prouver parce que vous ne sortirez pas d'ici vivant.

Elle lui tira une balle en pleine poitrine et le regarda avec satisfaction s'effondrer au sol.

10

« Il ne pouvait concevoir comment un insecte si faible et si petit que moi (ce furent ses expressions) pouvait se repaître d'idées si inhumaines. »

Jonathan Swift

Crystal Barret-Wilkinson balança un violent coup de pied à Hamish.

– Il faut que je trouve un moyen de me débarrasser de toi, dit-elle à voix haute. On ne peut pas toujours avoir de la chance. Je n'en reviens pas que personne ne m'ait vue défoncer cette petite fouineuse. Bon, j'ai besoin de boire quelque chose.

Elle posa son pistolet et se dirigea vers une petite table couverte de bouteilles.

Puis soudain, on lui tordit les bras derrière le dos pour la menotter et elle poussa un hurlement.

Mary Gannon lui signifia son arrestation pour

les meurtres de Mrs Gillespie et de Shona Fraser. Elle avait déjà appelé des renforts.

Hamish lui avait suggéré d'entrer discrètement par l'arrière de la maison et d'écouter à la porte pendant qu'il essayait d'arracher des aveux à Crystal.

À présent, Hamish Macbeth était mort et l'inspectrice allait devoir s'expliquer.

Mary poussa Crystal sur une chaise et se campa devant elle.

– On ne bouge pas, sale garce, les renforts arrivent.

Crystal capitula, mais soudain, elle lui expédia un coup de botte en plein ventre. Mary se plia en deux et tomba à genoux.

Crystal entendit alors un bruit et vit Hamish se relever péniblement. Elle poussa un cri de terreur et se rua vers la porte.

Hamish se lança à sa poursuite. Malgré le gilet pare-balles qu'il avait emprunté au commissariat d'Inverness pendant que Mary se préparait, le choc du projectile lui avait fait un mal de chien. Il tenait à peine debout.

Crystal dévala la rue et descendit sur la plage. Elle jeta un regard angoissé par-dessus son épaule et courut dans l'eau, les menottes aux poignets. Arrachant son pull et son gilet pare-balles, Hamish se précipita derrière elle, aveuglé par les embruns que les rafales de vent arrachaient à la crête des vagues. Il rattrapa Crystal au moment où elle plongeait sous l'eau et la saisit. Elle se débattit de toutes ses forces. Il lui balança alors son poing dans la mâchoire et la traîna, inconsciente, sur la rive.

Mary arriva en courant sur la plage.

– Elle est morte ?

– Non, ça va aller. J'ai été obligé de l'assommer.

– Je vous croyais mort, comment avez-vous fait ?

– J'avais emprunté un gilet pare-balles. Mais c'était si violent que j'ai failli vomir.

– On va devoir s'expliquer, dit Mary. Ils ne vont pas être contents, à Strathbane, non seulement je marche sur leurs plates-bandes, mais en plus je les tourne en ridicule.

– Ça leur fera les pieds. J'ai des vêtements secs dans la Land Rover. Il vaut mieux que j'aille me changer.

Crystal revint à elle et déversa un flot d'obscénités.

– Les voilà, dit Mary qui détacha sa lampe torche et l'alluma.

Les voitures de police pilèrent devant la plage.

Blair fut le premier à descendre. Il déboula sur la plage en trébuchant à moitié, son visage boursouflé déformé par la rage.

– C'est quoi, ce bordel ! brailla-t-il. Et vous, ajouta-t-il à l'intention de Mary, qu'est-ce que vous foutez ici ?

Heureusement, le commissaire Daviot arriva à son tour.

– Laissez-moi faire. Expliquez-vous, inspectrice Gannon.

Crystal continuait à répandre des bordées de jurons.

– Arrêtez-la, dit Mary. Elle est coupable des meurtres de Mrs Gillespie et de Shona Fraser, nous avons toutes les preuves nécessaires. Elle a aussi tiré sur Macbeth, mais il avait un gilet pare-balles.

Daviot donna des ordres aux policiers qui les avaient rejoints et Crystal fut emmenée de force, hurlant et se débattant.

– Alors voilà, commença Mary en s'efforçant de se rappeler ce qu'ils étaient convenus de dire, Hamish et elle. J'étais chargée de la sécurité à l'aéroport d'Inverness quand j'ai vu l'agent Macbeth débarquer d'un avion en provenance de Glasgow. Il m'a expliqué qu'il était allé là-bas vérifier l'alibi de Mrs Barret-Wilkinson.

Elle poursuivit d'un ton calme et posé jusqu'à ce que Daviot ait tous les éléments.

– Et moi, fulmina Blair quand elle eut terminé, je me demande bien ce que cet Highlander fabriquait à Glasgow sans mon autorisation ?

– Vous ne m'auriez jamais donné votre autorisation, rétorqua Hamish. Vous auriez dit que la police locale avait déjà vérifié son alibi.

– Allons-y, dit Daviot. Bravo Macbeth, bravo Gannon, bon travail.

De retour au commissariat, Hamish tapa son rapport et annonça à Mary :

– J'y vais.

– Vous ne voulez pas assister à l'interrogatoire ? À vous de jouer.

– Je vous laisse ce plaisir, chef.

Hamish rentra à Lochdubh le cœur léger, comme si l'ombre menaçante qui planait dans le ciel du Sutherland s'était soudain dissipée.

Il passa chez les Brodie et leur raconta ce qui s'était passé.

– Il vaut mieux que je vous examine, dit le docteur Brodie.

Hamish releva son pull.

– Vous avez un sacré hématome et ça sera encore pire demain. Bon, poursuivit le médecin en le palpant, pas de côte cassée. Vous avez de la chance.

– Je sais. Si elle avait tiré plus haut ou plus bas, je ne serais peut-être plus là.

Hamish récupéra ses compagnons et regagna le poste de police, à deux pas de là.

Enfin rentré, songea-t-il. Sain et sauf.

Il se prépara des saucisses et du bacon et mangea, en ignorant la patte insistante de Lugs sur son genou et les prunelles jaunes de Sonsie qui le fusillait du regard, perchée sur une chaise en face de lui.

Puis il se déshabilla et fit sa toilette. Il s'écroula dans son lit et sombra instantanément dans un long sommeil sans rêves.

Le lendemain, il fut réveillé en fin de matinée par des coups redoublés à la porte de la cuisine.

Il s'extirpa péniblement de son lit, enfila une robe de chambre et alla ouvrir. Il tomba sur une Elspeth hors d'elle, accompagnée de Luke qui se tenait derrière elle.

– Pourquoi tu ne m'as pas appelée ! cria-t-elle. On est allés à une conférence de presse à Strathbane et on a les mêmes informations que les autres journaux. Une fois de plus, tu t'es servi de moi. Je ne veux plus jamais te revoir ni te parler !

Elle tourna les talons, restant sourde aux excuses d'Hamish. Luke lui emboîta le pas puis lança un sourire moqueur à Hamish par-dessus son épaule.

Elspeth et Luke allèrent à Strathbane pour glaner d'autres informations avant de se rendre à Styre afin de recueillir les réactions des gens du coin.

Puis Luke lui suggéra de revenir à Strathbane pour se payer un bon repas au Palace Hotel. Ils prirent des cocktails, puis une bouteille de vin chacun pour accompagner leur déjeuner. Elspeth n'avait pas l'habitude de boire autant, mais elle voulait noyer sa déception de voir Hamish se comporter de façon aussi cynique et intéressée.

Luke se montra charmant et amusant, lui dit qu'il n'avait jamais rencontré de femme aussi séduisante. Éméchée et de meilleure humeur, Elspeth songea qu'Hamish ne lui avait jamais fait de compliment sur elle et au contraire, critiquait sans cesse ses tenues.

Devant leurs cafés et leurs cognacs bien tassés,

Luke passa le bras par-dessus la table et lui prit la main.

– On forme une bonne équipe, Elspeth, commença-t-il, puis il se leva et s'agenouilla au pied de sa chaise et sans lâcher sa main, il leva les yeux vers elle et déclara : Belle Elspeth, lumière de ma vie, veux-tu m'épouser ?

Les autres clients se turent. Elspeth repensa à son appartement solitaire de Glasgow, se demanda comment elle avait pu être assez bête pour tomber amoureuse d'un type comme Hamish Macbeth.

– Oui, répondit-elle.

Les clients applaudirent. Luke se redressa et l'aida à se lever.

– Viens, on va chercher la plus belle bague de Strathbane.

Sans qu'elle le sache, juste avant qu'ils arrivent, Hamish Macbeth était sorti de la principale bijouterie, une bague en saphir et diamants dans la poche. Il avait enfin décidé que puisque Elspeth voulait tellement se marier, qu'à cela ne tienne, il l'épouserait. En rentrant à Lochdubh, il se prit à imaginer Elspeth vaquant à ses occupations dans sa cuisine, un petit garçon dans les jambes.

Mais lorsqu'il arriva au Tommel Castle Hotel, Elspeth était introuvable. Il traîna, en proie à une anxiété grandissante à mesure que la journée passait, puis Mr Johnson l'invita dans son bureau.

– Asseyez-vous et prenez un café. D'ici, on voit le parking.

Hamish s'installa, puis il sortit la bague dans son petit écrin en cuir rouge et se mit à jouer avec le couvercle jusqu'à ce que le directeur lui demande d'arrêter.

– Elle est en reportage, Hamish, c'est tout.

– Je vous ai dit qu'elle était furieuse contre moi ?

– Au moins cent fois. Ah, dit Mr Johnson en entendant des pneus crisser sur les graviers de la cour. Il y a quelqu'un qui arrive.

Hamish alla à la fenêtre et Mr Johnson le rejoignit. Elspeth et Luke descendirent de voiture. Ils riaient tous les deux. Puis Luke la prit dans ses bras et l'embrassa. Elle lui caressa la nuque et un dernier rayon de soleil fit scintiller un gros diamant à son doigt.

– Laissez tomber, Hamish. Vous n'y pouvez plus rien.

De retour au poste, Hamish trouva l'inspectrice Mary Gannon qui l'attendait.

– Je rentre à Inverness, dit-elle. Je suis venue vous remercier. Blair n'est plus en odeur de sainteté depuis que Daviot s'est aperçu qu'il avait décrété que le professeur Sander était coupable d'office.

– Entrez donc. Vous voulez boire un verre ?

– Non, je conduis.

– Du thé ?

– Volontiers.

– Ce que je trouve incroyable, dit-il pendant que la bouilloire chauffait, c'est la chance de cette bonne femme ! C'est vrai, quoi, si je me baladais le long du quai à deux heures du matin, le lendemain, il y aurait au moins cinq personnes qui me demanderaient ce que je faisais là au milieu de la nuit. Personne ne l'a vue non plus devant chez le professeur, et pourtant, il a suffi que je me gare au bout de sa rue pour que les voisins préviennent la police.

– Si elle n'avait pas fait preuve d'un tel amateurisme, on l'aurait peut-être coffrée avant. Ça paraît absurde, je sais, mais les risques qu'elle a pris ! Et elle a bien failli s'en tirer.

– Quand doit avoir lieu le procès ?

– En février à la Haute Cour d'Édimbourg. On vous préviendra. Vous serez appelé à témoigner pour l'accusation. Elle a pris un ténor du barreau – mais un peu tard, parce qu'au cours de l'interrogatoire, elle a piqué une crise et nous a raconté en détail comment elle les avait tués. Je crois que son avocat va essayer de plaider la démence. Scotland Yard enquête sur le meurtre dont parlait Bella, celui de la maison de passe.

– Crystal était tellement avide de respectabilité. Le lait et le sucre sont là, je vous laisse vous servir. J'ai des biscuits quelque part. Au fait, elle a avoué qu'après avoir mis le feu à la maison de Mrs Samson, elle l'a terrorisée au point que la pauvre en est morte ?

– Oui.
– Comment savait-elle que Mrs Gillespie avait laissé un paquet pour Mrs Samson ?
– Ah ça, j'adore. Blair est allé l'interroger quelques jours après l'incendie et ils ont fait copain-copain. Il lui en a parlé. Évidemment, il nie en bloc. Non merci, je ne veux pas de biscuit. Juste du thé. Vous feriez un bon enquêteur, Hamish, c'est du gâchis.
– Vous m'imaginez à Strathbane, à recevoir des ordres de Blair ? Je suis seul maître à bord dans mon secteur. Quand il ne se passe rien, c'est la belle vie.
– Je sais bien que c'est sans doute le contrecoup, dit Mary en le dévisageant. Mais vous avez les yeux hagards, ça fait peine à voir.
Hamish se surprit à lui raconter comment il espérait demander Elspeth en mariage mais avait été coiffé au poteau par Luke.
– C'est dur. Vous la connaissez depuis longtemps ?
– Un moment, oui.
– Pourquoi ne pas l'avoir demandé en mariage avant ?
– Je crois que j'étais amoureux de quelqu'un d'autre.
Elle éclata de rire.
– Vous croyez ? Vous savez ce que je crois, moi ? Je crois que vous avez subi ou subissez encore les effets de ce qui s'est passé. Vous avez failli être tué, ce n'est pas tous les jours que ça arrive. Vous aviez

besoin de sécurité. Vous êtes un homme. Vous vouliez vous consoler dans les bras d'une femme. Je ne serais pas étonnée que vous ayez tout oublié demain.

– Je ne l'oublierai jamais, s'entêta Hamish avant de changer de sujet. Je croyais vous deviez démissionner après cette enquête.

– J'ai changé d'avis. L'équipe est sympa, à Inverness. J'ai un cadeau pour vous.

– Il ne fallait pas. Qu'est-ce que c'est ?

– Un menuisier va venir demain vous installer une chatière dans la porte. Elle sera assez grande pour votre chien aussi. Il y a un système de verrouillage pour pouvoir la fermer quand les animaux n'en ont pas besoin.

– C'est vraiment gentil.

Mary finit son thé.

– Venez donc me voir si vous passez à Inverness.

Après le départ de Mary, Hamish alla s'acheter du jambon, du foie pour Lugs et du poisson tout juste pêché pour Sonsie. Il les nourrit en premier, puis se fit des œufs au plat pour accompagner son jambon, prépara du thé et apporta le tout dans le salon. Il posa le plateau par terre, retira les cendres de la cheminée, fit du feu, alluma la télévision et regarda les informations en mangeant son dîner. Lors de la conférence de presse, Daviot attribuait tout le mérite de la résolution de l'affaire à l'inspectrice Mary Gannon, tandis que Blair fulminait dans son coin. Hamish n'était pas mentionné, ce qui lui allait parfaitement.

Les informations furent suivies d'une série. Son repas terminé, il s'installa confortablement pour la regarder. Sonsie sauta aussitôt sur ses genoux, mais il reposa par terre la chatte qui pesait son poids.

– Un peu de dignité, je te rappelle que tu es une chatte sauvage, lui dit-il.

Ses paupières devinrent de plus en plus lourdes et il s'endormit.

Il se réveilla en sursaut plus tard. Le feu n'était plus qu'un tas de cendres incandescentes. La chatte était remontée sur ses genoux et elle était si lourde qu'il avait des fourmis dans les jambes. Il se leva et rapporta le plateau dans la cuisine. Il mit la vaisselle dans l'évier, fit couler de l'eau et la laissa tremper.

Hamish estimait que les deux meilleures techniques au monde pour échapper aux corvées ménagères étaient de laisser tremper la vaisselle et d'aérer les lits.

Ce n'est qu'une fois déshabillé et couché qu'il s'aperçut qu'il ne pensait plus à Elspeth. Ses velléités de mariage n'étaient plus qu'un lointain souvenir.

Après un automne où fort heureusement il n'y avait eu aucun autre crime à déplorer, vint l'hiver. La région connut des gelées sévères. Bien souvent, le Sutherland – les terres du sud des anciens Vikings – échappe aux rigueurs de l'hiver grâce à la proximité du Gulf Stream. Mais à la veille du Nouvel An, juste après Noël, un violent blizzard se déchaîna sur les Highlands. Il s'abattit soudainement, par une journée qui s'annonçait glaciale mais ensoleillée.

Hamish rentrait de l'épicerie Patel avec ses courses quand il remarqua un banc de nuages noirs qui se profilaient au nord. Il s'approcha de la digue et observa le loch. Il n'y avait pas un souffle de vent, et pourtant les nuages progressaient dans le ciel. Les premiers flocons de neige ne tardèrent pas à tomber paresseusement en spirales avant de s'élever dans l'air glacé. Puis le vent se leva et la neige s'épaissit. Hypnotisé, il regarda les nuages avancer à mesure que le vent se renforçait. Il comprenait pourquoi les anciens croyaient que le dieu Thor déchaînait les tempêtes avec son armée.

Il rentra au poste, déposa ses courses sur la table de la cuisine, sortit des ballots de fourrage du hangar et gravit la colline pour mener son petit troupeau de moutons dans un abri qu'il avait construit au printemps. Il les regarda manger un moment, puis se dépêcha de rentrer dans les hurlements du vent. Thor et son armée avaient envahi Lochdubh. Le bruit de la tempête était assourdissant.

La trappe de la chatière claqua et Sonsie et Lugs apparurent. Il prit une serviette et les frictionna tous les deux.

Il n'avait plus qu'à attendre que le blizzard se calme.

Le lendemain matin, le temps était froid et ensoleillé, mais la tempête continuait à balayer la neige poudreuse accumulée sur les congères. Le chasse-neige passa devant la fenêtre du poste, suivi par un camion qui répandait du sable et du sel.

La Land Rover était équipée de pneus neige qu'il avait fini par obtenir de haute lutte. S'il pouvait monter la route de Strathbane, il irait voir comment allait Geordie McArthur et rendrait peut-être visite à d'autres fermes des alentours.

Comme le chemin qui menait chez Geordie était impraticable, il enfila ses raquettes et monta à pied.

Geordie vint lui ouvrir, le teint enflammé par le whisky et la mauvaise humeur.

– Cassez-vous, grogna-t-il.

Hamish ne flancha pas.

– Comment va votre femme ?

– Elle m'a quitté avant Noël pour s'installer chez sa sœur, à Bonar Bridge. La femme du pasteur y a mis le grappin dessus et l'autre a commencé à faire sa mijaurée, alors j'y ai fait tâter de ma ceinture, et le lendemain elle était partie. Elle demande le divorce. La femme du pasteur, elle dit que ça a à voir avec vous, c'est de votre faute, espèce d'abruti. Foutez le camp.

Hamish tourna les talons. Averti par un sixième sens, il se baissa, esquivant de justesse une grosse botte qui lui passa au-dessus de la tête. Je pourrais l'arrêter pour ça, se dit-il, mais ça exigerait trop de paperasse. Il regagna son véhicule entre les congères. Un nouveau blizzard hurlait à présent dans les collines.

Il n'avait plus qu'à rentrer au poste lire et regarder la télévision.

Après une nuit et un jour de pur enfer blanc, il s'arrêta de neiger et le vent se calma.

Le lendemain, le soleil était revenu. Hamish déneigea à la pelle, nourrit ses poules et ses moutons et s'occupa de diverses tâches ménagères.

Le chasse-neige et la sableuse avaient dégagé un passage le long du quai. Le soir, Hamish décida de s'offrir un repas convenable chez l'Italien en guise de récompense.

Il mit Sonsie dans un sac à dos et prit Lugs dans ses bras, craignant que le sel de déneigement ne leur irrite les pattes.

Willie Lamont, le serveur, l'accueillit avec joie.

– Quel temps ! s'exclama-t-il. J'ai bien cru qu'on ne reverrait pas de clients. J'emmène les monstres dans la cuisine. Cette neige ! C'est une calmatée !

– Calamité, rectifia Hamish en s'attablant près de la fenêtre. Les clients ne vont pas tarder à affluer. Les stocks de Patel fondent à vue d'œil. Et ici, vous avez de quoi tenir ?

– On a assez de pâtes dans la réserve pour nourrir toute l'Italie et pour la bolognaise et le reste, on a un cerf. Une fois haché et cuit dans la sauce, les gens ne font pas la différence.

– Et tu te l'es procuré comment, le cerf ? demanda Hamish avec méfiance.

– Il est tombé raide mort devant la cuisine, le pauvre. Il n'a pas dû supporter le froid.

Ou le coup de couteau du cuistot, pensa cyniquement Hamish. Willie alla dans les cuisines, suivi de Sonsie et de Lugs qui trottaient avec empressement sur ses talons.

La porte s'ouvrit, un courant d'air froid s'engouffra et une apparition entra dans le restaurant. Elle était grande et blonde, vêtue d'un anorak blanc avec une capuche bordée de fourrure.

Elle sourit à Hamish.

– Quel temps !

Elle avait un léger accent étranger.

– Vous visitez la région ?

– Oui, je suis à l'hôtel. J'ai cru que je ne pourrais jamais sortir. Je peux me joindre à vous ?

– Bien sûr.

Elle enleva son anorak et le suspendit à une patère à côté de l'entrée. Elle portait une robe blanche en cachemire assortie d'une petite veste blanche également en cachemire, et un collier de perles. Elle avait une peau parfaite, très claire, des pommettes hautes, des yeux verts et une bouche pulpeuse et sensuelle.

Elle s'assit gracieusement en face de lui.

– Vous aussi, vous visitez la région ? lui demanda-t-elle.

– Non, j'habite ici. Je suis le policier municipal.

– Je ne savais pas qu'il y avait encore des policiers municipaux en Grande-Bretagne, répliqua-t-elle avec un rire cristallin.

Hamish sourit.

– Je résiste. Ça ne me déplaît pas d'être un anachronisme. Drôle de temps pour visiter les Highlands.

– Je n'étais jamais venue en Écosse. J'habite à Londres.

– Je m'appelle Hamish Macbeth.

– Et moi, Gloria Price.

– Vous comptez rester longtemps ?

– Juste une semaine.

– Vous êtes seule ?

– Absolument, dit-elle en prenant le menu. Il y a beaucoup de gibier. Je crois que je vais m'en tenir aux pâtes.

Willie arriva précipitamment.

– Bonsoir, madame. Nous avons beaucoup de tables de libres, et Mr Macbeth attend peut-être Miss Halburton-Smythe.

– Je n'attends personne, rétorqua Hamish avec agacement, sachant que Willie, comme beaucoup de gens du coin, ne lui avait jamais pardonné d'avoir rompu ses fiançailles avec Priscilla. On va commander.

Ils prirent tous les deux un minestrone. Gloria opta ensuite pour des lasagnes et Hamish également.

– Vous voulez choisir le vin ? demanda Gloria.

Hamish commanda une bouteille de Valpolicella.

– Que faites-vous, dans la vie ? demanda Hamish une fois que Willie se fut éloigné.

De nouveau, ce rire charmant.

– Je ne travaille pas. J'en ai largement les moyens.

– Ah, votre mari a réussi ?

Elle agita les doigts sous son nez.

– Je n'ai pas d'alliance, vous voyez ? C'est mon argent. Papa a des magasins partout.

– Quel genre de magasins ?

– Appareils électriques, machines à laver, ordinateurs, ce genre de choses.

– Vous ne vous êtes jamais mariée ?

– Je n'ai pas trouvé le bon. Évidemment, la plupart des hommes s'intéressent surtout à ma fortune. Et vous, parlez-moi de votre travail.

– C'est tranquille, en ce moment. Quelques cambriolages, rien de plus.

– Mais j'ai vu dans les journaux qu'il y avait eu des meurtres, ici.

– Heureusement, c'est de l'histoire ancienne.

– Racontez-moi.

Hamish était un conteur-né, comme tous les Highlanders, peut-être parce que le nord de l'Écosse est le dernier endroit au monde où l'on peut se lancer dans un long récit sans crainte d'être interrompu.

Gloria savait écouter et à la fin du repas, Hamish s'aperçut à sa grande honte qu'il n'avait fait que parler de lui.

Il insista pour régler l'addition.

– Je ne sais comment vous remercier, dit-elle. Ça vous dit de venir prendre un dernier verre à l'hôtel ?

– Je serais ravi, mais mon chien et ma chatte sont dans les cuisines. Allez-y et je vous rejoins.

Willie arriva, Sonsie et Lugs sur les talons. Hamish aidait Gloria à enfiler son anorak.

Sonsie fusilla Gloria du regard en feulant, les babines retroussées et le poil hérissé, et Lugs poussa un jappement.

– Qu'est-ce qui vous prend ? les gronda Hamish avant de se tourner vers Gloria en lui ouvrant la porte. J'arrive tout de suite.

– Combien de fois je t'ai dit que tu ne devrais pas garder un chat sauvage, maugréa Willie. Un de ces jours, cette bête va finir par tuer quelqu'un.

Hamish attrapa la chatte et la mit dans son sac à dos, puis il prit Lugs dans ses bras.

– Bande de jaloux, les sermonna-t-il.

Il les ramena au poste et les laissa dans la cuisine, puis il monta dans la Land Rover et se fraya un chemin entre les murs de neige qui se dressaient de part et d'autre de la route de l'hôtel.

Il était à la fois ravi et intrigué. L'espace d'un instant, l'image d'Elspeth flotta dans son esprit tel un pâle fantôme avant de disparaître.

Gloria l'attendait dans le hall. Elle se leva et vint à sa rencontre.

– Il y a une équipe de shinty au bar, ils font la

fête, on ne s'entend pas, dit-elle. On va aller dans ma chambre. J'ai un excellent single malt.

À sa grande surprise, elle passa devant le bureau du directeur et s'engagea dans un couloir.

– Vous avez pris la suite nuptiale ! s'exclama-t-il.

– J'aime mon confort, lança-t-elle par-dessus son épaule, et je préfère être au rez-de-chaussée.

La suite se composait d'un joli salon et d'une grande chambre.

– Installez-vous, dit Gloria. Votre whisky, vous l'aimez sec ou avec des glaçons ?

– Avec un peu d'eau, et juste un fond. Je conduis.

Elle prit une bouteille sur une petite table.

– Je me demande s'il y a encore une congère devant la fenêtre, vous pouvez regarder, Hamish ? Je leur ai demandé de la dégager.

Hamish alla à la fenêtre.

– Non, il n'y a rien, répondit-il.

Il s'installa sur le canapé et elle prit place dans un fauteuil en face de lui.

– Santé, dit-elle en levant son verre avec un sourire.

– Santé.

Hamish but une petite gorgée en se disant qu'elle était décidément très belle, avant de s'apercevoir subitement qu'il avait déjà vu ce visage quelque part.

Elle posa son verre.

– Je vais me refaire une beauté. Je reviens tout de suite.

Hamish avait la tête qui tournait. Il n'avait bu qu'une gorgée. Qu'avait-elle mis dans son verre ? Il se rappelait où il l'avait vue – sur la vidéo de mauvaise qualité du club privé. C'était une des filles.

Freddie Ionedes avait disparu de la circulation. Travaillait-elle encore pour lui ?

Il décida de jouer le jeu. Il se glissa rapidement jusqu'à la fenêtre, l'ouvrit, vida le reste de whisky dans la neige, retourna d'un bond sur le canapé et s'affaissa en fermant les yeux juste au moment où elle sortait de la salle de bains.

Il devina qu'elle se tenait devant lui, sentit son parfum et comprit d'instinct qu'elle voulait s'assurer qu'il était vraiment inconscient. Quand il reçut une claque en pleine figure, il faillit se trahir, mais s'écroula de côté sur le canapé. Il l'entendit téléphoner.

– C'est bon, chuchota-t-elle.

Puis il entendit la fenêtre s'ouvrir et quelqu'un qui s'introduisait dans la suite.

– Bien joué. Et maintenant, on s'active, dit une voix d'homme.

– On est vraiment obligés de faire ça, Freddie ?

– Je suis là pour vous protéger. Crystal veut qu'il crève, il crèvera. On ne se doutera de rien. Personne ne l'a vu rentrer dans l'hôtel ?

– Non, la réception était déserte quand il est arrivé.

– Murphy est dehors, en tenue de policier. Il a réussi à démarrer la Land Rover avec les fils et va l'amener sous la fenêtre. Il ne nous reste plus qu'à sortir cet abruti d'ici pour le coller à l'arrière de la bagnole. Je suivrai derrière. Murphy sait où aller. Si quelqu'un le voit, il croira que c'est cet imbécile. On va se contenter de le balancer dans la neige et de renverser la Land Rover de côté, comme s'il avait été éjecté. Il sera mort de froid avant d'avoir repris connaissance. Un accident tragique. Toi, tu restes ici et tu fais comme si de rien n'était.

– Je n'ai vu personne à la réception, mais qu'est-ce qui se passera si quelqu'un l'a vu entrer ? Il n'est pas en uniforme.

– Dans ce cas, tu diras qu'il a été appelé. Il est retourné au poste pour se mettre en tenue. Toi, tu restes ici et tu fais comme si de rien n'était, répéta Freddie.

Hamish reconnut le bruit du moteur de sa Land Rover.

Il entendit Freddie dire :

– Monte, Murphy. Il faut que tu m'aides à le sortir.

Hamish eut du mal à rester inerte pendant qu'on le passait par la fenêtre et qu'on le déposait dans la neige. Puis on le souleva pour le mettre à l'arrière de sa Land Rover.

Quand la voiture redémarra, il sortit avec précaution son portable de sa poche. Il envoya un texto à Jimmy. Puis il appela Angela et quand elle décrocha, lui chuchota :

– C'est Hamish. Je suis en danger. Freddie Ionedes veut me tuer. Appelez Strathbane pour qu'ils établissent des barrages sur les routes.

Cela faisait une éternité qu'il demandait une nouvelle Land Rover, mais en cet instant, il remercia le ciel que le moteur bruyant de son tas de ferraille ait couvert ses chuchotements.

Comme il l'avait prévu, ils n'allèrent pas bien loin. Ils ne voulaient pas courir le risque de se perdre dans la lande. Ils mettraient en scène un accident en bordure de la route principale, car les petites routes et les chemins étaient encombrés de neige.

La Land Rover s'arrêta. Hamish fut sorti du véhicule puis porté jusqu'au bas-côté avant d'être balancé dans un monceau de neige.

– On renverse la Land Rover sur lui ?

– Non, je ne veux pas qu'il ait de traces.

D'un doigt, Hamish creusa un petit trou dans la neige pour respirer. Il les entendit s'efforcer de basculer la Land Rover en haletant.

– Rien à faire, résonna la voix de Freddie. Laisse tomber. On se casse.

Hamish lutta contre le froid polaire. Il ne voulait pas mourir après avoir réussi à survivre jusque-là.

À son grand soulagement, il les entendit enfin repartir.

Il s'extirpa du tas de neige et monta dans la Land Rover en cherchant ses clés, espérant que ce démarrage forcé n'avait pas bousillé le moteur. Mais son vieux tacot démarra au quart de tour. Il mit le chauffage à fond. Ils avaient dû prendre la direction de Strathbane pour filer ensuite vers le sud. Il se lança à leur poursuite.

Freddie et Murphy roulaient lentement à travers le vaste désert blanc en riant tant et plus.

– Moi je te le dis, je suis un génie, se vanta Freddie. Tu ne peux pas accélérer ?

– Il fait tellement froid que le sable ne sert pas à grand-chose. Si j'accélère, on va déraper, répondit Murphy.

Murphy négocia un virage et poussa un juron. Une vieille voiture barrait la route.

– Viens, dit Freddie, aide-moi à la dégager.

Ils s'approchèrent tous deux de la voiture et essayèrent de la pousser sur le bas-côté.

Soudain, ils furent encerclés par des hommes armés de fusils de chasse.

– Couchez-vous par terre ! cria Willie Lamont.

Freddie glissa la main sous sa parka pour saisir son pistolet et s'écroula, assommé par un coup de crosse. Murphy poussa un gémissement terrifié.

Hamish Macbeth arriva au volant de la Land Rover sous les acclamations des hommes. Il descendit, menotta Murphy et lui signifia son arrestation, ainsi qu'à Freddie qui gisait inconscient, face contre terre.

Les deux malfrats furent emmenés au poste et enfermés dans la cellule. Hamish enfila son uniforme et envoya chercher le docteur Brodie pour qu'il examine Freddie qui semblait reprendre connaissance.

– Il devrait s'en sortir avec une grosse bosse et une légère commotion, conclut le docteur Brodie.

Willie Lamont, le serveur qui avait autrefois servi dans la police, arriva avec Gloria.

– Colle-la en cellule, lui ordonna Hamish. Les renforts ne vont pas tarder.

Freddie reprit conscience et se mit à les injurier. Hamish l'accusa de tentative de meurtre, d'enlèvement et de port d'arme illégal. Il se tourna ensuite vers Gloria et l'accusa de complicité d'enlèvement et de tentative de meurtre.

– Il m'a forcée ! s'écria Gloria, le visage ruisselant de larmes.

L'ignorant, Hamish fit sortir le docteur Brodie de la cellule et la referma.

– Les voilà, dit le médecin en entendant le hurlement des sirènes se rapprocher.

– Vivement qu'ils me débarrassent de ce joli monde, soupira Hamish.

La nuit fut longue. Hamish dut suivre jusqu'à Strathbane le cortège triomphal de la police écossaise, fière d'avoir réussi à capturer un dangereux criminel qui avait échappé à Scotland Yard.

Les yeux piquants de sommeil, Hamish tapa une

longue déposition. Malgré ses protestations, on lui fit des prélèvements pour identifier la drogue qui avait été mise dans son verre, alors qu'ils auraient pu facilement en retrouver les traces dans la chambre de Gloria. Puis il fut interrogé par Daviot.

– Si vous aviez épousé Miss Halburton-Smythe, dit-il quand Hamish eut terminé son récit, vous ne seriez pas une proie aussi facile pour toutes les garces qui croisent votre chemin.

– Mais vous avez votre homme, commissaire, et vous ne l'auriez pas eu s'ils ne s'en étaient pas pris à moi. Ah, autre chose. Ma Land Rover a besoin d'être remplacée. Mon secteur couvre une bonne partie du nord de l'Écosse. Je fais comment, si elle me lâche alors que je suis sur une mission importante ?

– On va voir ce qu'on peut faire. Elle va devoir rester ici le temps que la scientifique ait fini de relever les indices. Je vais demander à un agent de vous raccompagner. Vous avez tapé votre rapport ?

– Oui, commissaire.

– Nous n'avons plus besoin de vous. Je vais me charger de l'interrogatoire avec Mr Blair. Des inspecteurs de Scotland Yard arrivent demain.

Et Blair ne veut pas que je lui vole la vedette, songea Hamish non sans cynisme.

Une jolie agente de police l'attendait. Elle avait le teint rose et le visage encadré d'une masse de boucles brunes.

– Pat Constable, dit-elle.

– Constable, comme un constable ?
– Oui. Épargnez-moi les plaisanteries.
– Ça fait longtemps que vous êtes dans la police ?
– Quelques mois.

Il se renversa dans le siège, soulagé de rentrer enfin chez lui. Hamish aurait aimé dormir, mais Pat n'arrêtait pas de lui poser des questions sur les événements de la nuit et il avait envie de hurler, tant il n'en pouvait plus de s'entendre raconter pour la énième fois ce qui s'était passé.

Arrivé sur place, il descendit de voiture, courbaturé. La politesse des Highlands l'obligea à offrir quelque chose à boire à l'agente qui accepta, malheureusement. Il espérait que Sonsie la prenne en grippe, bien que ce ne soit pas dans ses habitudes, et la fasse fuir, mais Pat s'intéressa tellement à elle que les ronronnements graves de la chatte résonnaient dans toute la cuisine.

Hamish fit du thé et sortit une boîte de biscuits. Pat, qui venait de prendre sa garde de nuit, était fraîche comme une rose. Elle lui parla en long en large et en travers de sa famille à Dornoch, de son année à l'école de police, pendant qu'il étouffait des bâillements et priait tous les dieux celtes de la faire déguerpir.

Elle finit par se lever.

– On pourrait dîner ensemble, un de ces jours, suggéra-t-elle.

– *Aye*, pourquoi pas, répondit Hamish en résistant à l'envie de la pousser dehors.

Il s'avéra qu'elle faisait partie de ces gens agaçants qui, au moment de prendre congé, restent plantés sur le seuil à jacasser.

Enfin, elle s'en alla. Il soupira de soulagement, regagna sa chambre comme un zombie, s'écroula à plat ventre sur son lit et sombra aussitôt dans un profond sommeil.

Le lendemain matin, il fut réveillé à dix heures par quelqu'un qui cognait à la porte principale.

Hors de question que j'aille ouvrir, se dit-il. C'est probablement des journalistes. Les coups redoublèrent et une voix s'éleva :

– Scotland Yard. Ouvrez !

Hamish alla dans le bureau en maugréant et cria par la fente de la boîte aux lettres :

– Passez par la porte de la cuisine. Celle-là est bloquée par l'humidité.

Il leur ouvrit et lorsqu'il vit les deux hommes élégamment vêtus de belles parkas par-dessus leur costume, il prit soudain conscience qu'il était débraillé et pas rasé.

– Vous êtes l'agent Hamish Macbeth ?

– Oui.

– Inspecteur-chef Burrows et voici l'inspecteur Wilkins.

– Entrez. Je viens de me réveiller. La nuit a été longue. Je vais allumer le poêle.

Burrows le regarda d'un œil amusé retirer les cendres du poêle, mettre du papier et du petit bois et gratter une allumette. En parlant avec Daviot et Blair, il avait eu l'impression qu'ils ne rendaient pas justice au talent d'investigateur d'Hamish Macbeth et décidé d'en juger par lui-même. Et voilà qu'il se retrouvait face à un grand Highlander ensommeillé avec une tignasse flamboyante et des yeux noisette presque candides.

– Asseyez-vous, je vous en prie, dit Hamish en ajoutant des plaques de tourbe dans le poêle. Du thé ?

– On a apporté des provisions, répondit Burrows, en posant un sac sur la table. On a deux thermos de café et des croissants. Et une bouteille de whisky.

– C'est vraiment gentil. Où est-ce que vous avez trouvé des croissants à Strathbane ?

– Dans une pâtisserie, je crois qu'elle vient d'ouvrir.

– Elle ne va pas durer, dit Hamish. Leur truc, ici, c'est plutôt les beignets au Mars.

Ils s'assirent autour de la table. Burrows avait une allure soignée, les traits réguliers, alors que son adjoint était corpulent avec une grosse tête ronde.

– Ce qu'on voudrait, c'est que vous nous donniez votre version des faits, à commencer par les meurtres. Holà, c'est quoi ça ? Un lynx ?

– C'est ma chatte, répondit Hamish d'un ton patient. Soyez gentil, je voudrais boire un café, d'abord, et non, je ne veux pas de whisky dedans.

Une fois de plus, Hamish reprit tout à zéro. Il eut

beau jouer le policier empoté qui était tombé sur des indices par hasard, Burrows ne s'y trompa pas.

– Vous méritez une promotion, dit-il quand Hamish eut terminé son récit.

Il fut étonné de voir l'air affolé du Highlander.

– Qui parle de promotion ? demanda Hamish avec inquiétude.

– À Strathbane, personne. Mais j'allais vous recommander.

– Surtout, ne faites pas ça, s'il vous plaît.

Wilkins prit la parole.

– Ça lui plaît ici. Moi aussi, ça me plaît. Depuis tout à l'heure, je regarde les moutons par la fenêtre. J'aime bien regarder les moutons.

– Misère. Un campagnard dans l'âme. C'est vrai, ce qu'il dit, Macbeth ?

– *Aye.* Voyez-vous, il faut bien des policiers municipaux, par ici. Si j'avais une promotion, ils fermeraient ce poste. Ceux de Strathbane ne penseraient jamais à prendre des nouvelles des petits fermiers des alentours. Ils parlent de police de proximité, mais je n'en vois pas la couleur.

– Vous n'avez aucune ambition, vous voulez dire ? s'étonna Burrows.

– J'ai juste besoin d'une chose.

– Je vous écoute.

– Il me faut une nouvelle Land Rover. Si vous pouviez appuyer ma demande, ce serait formidable.

– Je vais faire de mon mieux. Il faut qu'on y aille. Il risque de reneiger.

– Il va y avoir un redoux.
– Comment vous le savez ? Vous avez regardé la météo ?
– Non, je le sens.

Les deux inspecteurs de Scotland Yard reprirent la route de Strathbane.
– Regardez, chef, la neige fond, observa Wilkins.
– C'est un drôle d'oiseau, ce Macbeth. Il faut absolument lui donner de l'avancement. Il ne devrait pas moisir dans ce trou perdu.
– Il ne moisit pas, chef, protesta Wilkins avec véhémence. Il est heureux. Pourquoi les gens ne supportent-ils pas les hommes dépourvus d'ambition et parfaitement heureux ?
Burrows rit à contrecœur.
– C'est le premier que je rencontre. Je veux qu'il devienne comme nous. Calmez-vous. Je le laisserai tranquille.

11

« Les plans les mieux conçus des souris et des hommes vont souvent de travers. »

Robert Burns

Le printemps gagna les Highlands comme à regret, porté par les rafales de neige fondue. Et puis un jour, le soleil se leva dans un ciel dégagé. Les habitants de Lochdubh se lancèrent dans un grand ménage de printemps sur fond de concert d'aspirateurs et de claquements de chiffons à poussière.

Hamish Macbeth, qui était désormais l'heureux propriétaire d'une Land Rover flambant neuve, estima qu'il était également temps pour lui de faire un grand ménage.

Il travailla d'arrache-pied, en sentant son cerveau engourdi par ce long hiver glacé s'éveiller peu à peu.

Il se surprit à penser aux anciens suspects des meurtres. Que devenaient-ils maintenant qu'ils n'avaient plus à craindre que la police vienne fouiner dans leur vie privée ?

Grâce à la chatière, Sonsie et Lugs pouvaient aller et venir à leur guise. Il laissa tomber ses corvées et prit la direction de Braikie, émerveillé par le temps radieux.

Même la mer était calme le long de la route côtière et tout juste ourlée de petites vagues limpides qui roulaient sur la plage.

Il repensa malgré lui à Elspeth. S'était-elle mariée ? Était-elle heureuse ? La reverrait-il un jour ?

Au même moment, Elspeth arrivait à l'église de Glasgow dans une calèche tirée par deux chevaux blancs offerte par sa famille bohémienne. À côté d'elle était assis son oncle Mark, visiblement engoncé dans son habit de cérémonie. Le témoin du marié, son confrère journaliste James Biddell, s'approcha de la calèche.

– Refaites un tour, leur glissa-t-il. Luke n'est pas arrivé.

– Où est-il ? demanda Elspeth.

– L'enterrement de vie de garçon s'est terminé à quatre heures du matin. Il a dit qu'il rentrait chez lui. J'y suis passé, mais il n'était pas là.

– Je vais tuer ce salaud, grinça l'oncle Mark. Allez, avance.

Si seulement j'avais insisté pour avoir une limousine fermée, soupira intérieurement Elspeth. Les gens s'attroupaient pour voir la mariée. Quand ils arrivèrent de nouveau devant l'église, un cortège s'était formé derrière la calèche.

Mais James était toujours là, secouant la tête.

– Vous ne lui avez rien fait, au moins ? s'inquiéta-t-elle. Vous ne l'avez pas attaché à un réverbère ou autre chose ?

– Non, rien de ce genre, répondit évasivement James.

Comment avouer à Elspeth, si belle dans sa robe de mariée, qu'ils avaient engagé une strip-teaseuse pour la soirée et que Luke était parti, ivre-mort, avec elle ?

– Je descends, décréta Elspeth. Je refuse de me donner en spectacle en tournant indéfiniment.

Soufflant, ahanant, pestant contre son col qui l'étranglait, l'oncle Mark l'aida à descendre de la calèche et la conduisit à l'église.

Les deux demoiselles d'honneur d'Elspeth l'attendaient sur le parvis.

À l'intérieur de l'église, on entendait l'orgue, accompagné des bruissements et des chuchotements impatients des invités.

Elspeth contempla le ciel bleu au-dessus des bâtiments sales de Glasgow et fut prise d'une soudaine envie de retourner dans les Highlands. Voulait-elle vraiment épouser Luke ? Tout était allé si vite : les cadeaux des invités, les préparatifs de la réception.

Au bout d'une demi-heure, Elspeth se tourna vers l'oncle Mark.

– Va leur dire que le mariage est annulé, mais qu'ils peuvent se rendre à la réception, on leur servira à boire et à manger

– Ne t'en fais pas, ma jolie. On va aller le chercher et le traîner jusqu'à l'autel s'il le faut.

– Je ne veux plus l'épouser, après ça. Va leur annoncer.

L'annonce fut donc faite et les invités regagnèrent les véhicules. Elspeth refusa de remonter dans la calèche et partagea une voiture avec son rédacteur en chef. Quel gâchis ! Ils étaient censés partir en lune de miel le jour même. Luke avait des billets d'avion pour la Barbade.

Entretenue par la bonne chère et l'alcool qui coulait à profusion, l'ambiance de la soirée fut animée. Après le repas, Elspeth ouvrit le bal avec James. Elle se sentit brusquement heureuse et soulagée, et s'aperçut avec stupeur que depuis le début, elle redoutait ce mariage, redoutait d'épouser Luke.

Luke se réveilla en grognant et posa les yeux sur un plafond décrépit qui ne lui disait rien. Il se retourna et buta sur quelqu'un qui était couché auprès de lui.

– Elspeth ? dit-il.

La femme qui était à ses côtés ouvrit des yeux chargés de mascara et le regarda.

– Qui êtes-vous ? s'étonna-t-il.

– Ah ben, c'est charmant. Tu m'as baisée et tu me demandes qui je suis ?

Luke s'assit au bord du lit et se prit la tête dans les mains. Tous les marteaux de l'enfer semblaient se déchaîner sous son crâne.

Les souvenirs lui revinrent par flashes. Il se rappela la strip-teaseuse. Il se rappela avoir parié avec les autres qu'il pouvait la sauter.

– Il est quelle heure ? demanda-t-il d'un ton endormi.

– Aucune idée.

Il se retourna et attrapa sa montre sur la table de chevet.

– Oh non, j'étais censé être à l'église il y a deux heures.

– Tu ferais mieux d'y aller, maugréa la strip-teaseuse d'un air boudeur.

– Trop tard. Sa famille va me tuer ! Je vais être viré.

Luke s'habilla. Il trouva son portefeuille qui était intact ainsi qu'un carnet de travellers et deux billets pour la Barbade.

Il n'avait qu'une seule idée : s'enfuir. Il sortit sur le balcon en trébuchant à moitié et s'aperçut qu'il était en haut d'une tour. Il regarda par-dessus la balustrade et découvrit à ses pieds le quartier défavorisé de Springburn.

L'ascenseur ne fonctionnait pas. Il descendit l'escalier quatre à quatre puis courut jusqu'à Springburn Road, où, miracle, un taxi arrivait. Il le héla.

– À l'aéroport, lança-t-il essoufflé. Vite !

Hamish n'arrêtait pas de penser à Elspeth, c'était agaçant. Elle était probablement mariée, à présent, pesta-t-elle. Et qui sait, peut-être même enceinte.

Il se gara devant St Mary's Church. Le père McNulty sortait justement de l'église. Il sourit en voyant Hamish.

– Je voulais seulement savoir si vous aviez récupéré l'argent, dit Hamish.

– Oui, Miss Creedy a vendu sa boutique et m'a remboursé. C'est gentil d'avoir gardé ça pour vous.

– Pour tout vous dire, mon père, le temps épouvantable qu'on a eu cet hiver a au moins eu un avantage, c'est qu'elle n'a pas pu me harceler.

– Miss Creedy ne devrait plus vous harceler, à présent. Elle est allée s'installer à Glasgow. J'ai reçu une lettre d'elle, l'autre jour. Elle a l'air très heureuse et me dit qu'elle a un ami. Je ne comprends pas les gens comme Mrs Gillespie et je ne vois pas comment elle a pu découvrir autant de secrets inavouables dans le secteur.

– Nous avons tous des secrets inavouables, mon père, et ici, dans le Nord, les gens tiennent encore à la respectabilité. C'est entre autres ce qui a causé la perte de notre meurtrière, d'ailleurs. Peut-être qu'il lui arrivait de croiser dans les rues de Londres d'anciens clients avec femme et enfants, qui détournaient le regard en la voyant. Le pire, c'est que certaines de ces femmes se disaient peut-être qu'elles auraient aimé être aussi belles qu'elle, alors que de son côté, Crystal les jalousait et aurait aimé arrêter le métier et devenir une épouse terne et respectable.

– Elle n'a pas l'air si belle que ça, à en juger d'après sa photo dans le journal.

– Elle était très belle, autrefois, et puis elle a grossi et opté pour un style campagnard, très dadame. Dites, mon père, vous vous demandez parfois comment une fille aussi jeune que Shona a pu être tuée de façon aussi abominable ?

– Vous voulez dire, comment Dieu a-t-il pu permettre une telle horreur ?

– Oui.

– La folie est sur cette pente, comme dirait le roi Lear. La seule réponse, c'est la foi aveugle. Au moment même où nous parlons, il y a des enfants qui meurent dans le monde entier.

Hamish fut soudain embarrassé.

– Bien, j'y vais, dit-il.

Il rendit ensuite visite à Mr Gillespie.

Heather avait eu beau lui dire que le cancer de son père était en rémission, il se demandait s'il était toujours en vie.

Mais ce fut un Mr Gillespie très guilleret qui vint lui ouvrir.

– Entrez. J'allais faire chauffer de l'eau.

Le salon plein de livres et de journaux faisait plaisir à voir. Pendant que Mr Gillespie servait le café, Hamish lui demanda :

– Comment allez-vous ?

– Je n'en reviens pas. Je suis en rémission. Ils disent que c'est un miracle.

– Je suis vraiment content pour vous.

– Ce n'est peut-être pas étranger à la fin d'années de souffrance.

– Vous auriez pu porter plainte.

– Ce n'est pas facile, pour un homme. Je pensais que la police ne me croirait pas.

– Je vous aurais cru, moi.

– Je ne savais pas, pour le chantage. Je croyais juste que ses employeurs étaient très généreux.

– Je vais peut-être aller voir le docteur Renfrew, à l'hôpital, dit Hamish.

– Oh, il a quitté la région. Il paraît qu'il était allé s'installer à Édimbourg. Sa femme est restée ici. Elle a demandé le divorce. Ma fille m'a dit qu'on ne parlait que de ça, à Braikie. Mrs Fleming est passée un jour chez Mrs Renfrew et lui a dit qu'elle avait eu une liaison avec son mari.

– Comment Heather l'a-t-elle su ?

– Quelqu'un a assisté à la scène et en un rien de temps, tout le village était au courant.

– C'est fou, les gens voient tout, mais quand j'ai besoin de témoins, il n'y a plus personne, pesta Hamish.

– Et le truand, Freddie Ionedes ?

– Il est derrière les barreaux pour un bon moment. Apparemment, il serait complice d'un meurtre commis il y a quelque temps, mais on n'a pas de preuve tangible et la police est soulagée de savoir qu'il est hors d'état de nuire. En quittant le tribunal, il a juré qu'il aurait ma peau.

– En tout cas, pour l'instant, vous êtes tranquille.

– Je n'en suis pas si sûr, répondit Hamish. C'était un caïd de la pègre.

– C'est étonnant qu'il ait pu avoir une maison de passe dans un quartier aussi huppé que Knightsbridge.

– En apparence, c'était un simple club. Il était fréquenté par des gens influents – des membres du Parlement, des hauts gradés de la police, vous voyez le genre. Il y aura toujours de la demande.

– C'est fini, tout ça.

– J'espère, dit Hamish.

Les semaines suivantes furent agréables et marquées par une succession d'averses et d'éclaircies. Hamish sillonnait assidûment son secteur, rendant visite aux petites fermes éloignées, prenant le thé, échangeant les derniers potins, toutes ces choses qui faisaient le charme de son métier.

Et puis un matin, alors qu'il vidait les cendres du poêle, on frappa à la porte de devant. Il s'essuya le front d'une main sale, alla à la porte et cria :

– Faites le tour !

Il espérait que ce n'était pas quelqu'un de Strathbane venu interrompre sa tranquillité.

Il ouvrit. Une jeune femme élancée se tenait sur le seuil, vêtue avec élégance d'un luxueux tailleur-pantalon. Elle avait un visage séduisant encadré d'une abondante chevelure auburn, des yeux bruns de biche, des pommettes hautes et une belle bouche.

– Je visite la région, dit-elle d'une voix mélodieuse où subsistait un léger accent cockney. Je me demandais si vous pouviez me dire ce qu'il y a à voir dans le coin.

– Si vous allez à l'épicerie, vous trouverez un présentoir avec des brochures touristiques juste à l'entrée, lui suggéra Hamish. D'où venez-vous ?

– Londres. J'ai entendu parler des meurtres dans les journaux et j'ai vu un documentaire sur la région à la télévision. Ça a l'air magnifique et comme j'avais besoin de vacances, je suis venue. Je suis descendue à l'hôtel.

– Le directeur, Mr Johnson, pourra vous renseigner.

– Je peux entrer ?

– Pour quoi faire ? demanda Hamish.

– Je n'ai jamais vu de poste de police municipal.

– Bon d'accord, mais une minute, pas plus.

Hamish s'effaça pour la laisser passer.

Elle s'installa à la table de la cuisine en répandant les effluves d'un parfum subtil.

– Vous voulez un thé, un café ? proposa Hamish avec réticence.

– Un café, je vous prie.

– Il faut d'abord que je finisse de nettoyer le poêle.

Elle attendit posément, visiblement à l'aise. La

trappe de la chatière claqua et Lugs et Sonsie entrèrent dans la cuisine d'un pas nonchalant.

– C'est un…

– Un chat sauvage, oui, plus exactement une chatte, répondit Hamish, mais tout à fait inoffensive.

La visiteuse ouvrit son sac et sortit un appareil photo.

– Je peux les prendre en photo ?

– Non, ils n'aiment pas ça.

– Bon, bon, dommage.

Hamish finit de nettoyer le poêle et brancha une bouilloire électrique. Il s'en servait rarement, préférant faire chauffer l'eau sur le poêle, mais ça prendrait trop de temps et il voulait se débarrasser d'elle. Il n'avait aucune envie qu'une créature de rêve vienne perturber le cours placide de son existence.

– Je m'appelle Tasman Kennedy, dit-elle.

– Et moi, Hamish Macbeth. D'où vous vient ce nom écossais ?

– Mon grand-père était écossais. Mais c'est la première fois que je voyage en Écosse. Sur la route, je n'en revenais pas que ce soit aussi désert. Il y a tellement de monde, dans le Sud. On a du mal à croire qu'il y ait des endroits comme ça dans les îles Britanniques.

– Que faites-vous, dans la vie ? demanda Hamish en posant devant elle un mug de café. Le lait et le sucre sont là, je vous laisse vous servir.

– Je suis mannequin. Mannequin photo, surtout, mais je fais aussi des défilés pour les collections.

– C'est difficile ?

– Oui, et je sais que c'est éphémère. Je ne me drogue pas, contrairement à d'autres. Tout ce que je gagne, je le place dans l'immobilier. Il se peut même que j'achète quelque chose ici.

– Je ne ferais pas ça, à votre place. En ce moment, c'est agréable, mais les étés sont courts et les hivers peuvent être rudes.

– Ça vous plaît, pourtant.

– Oui, mais moi, je suis un Highlander, ça change tout.

Elle avala une gorgée de café et plissa le nez.

– Il était en promotion chez l'épicier, se défendit Hamish.

– Il est presque midi. Ça vous dit de déjeuner à l'hôtel ? Je vous invite.

Hamish la fixa longuement, le regard impénétrable.

– Volontiers, répondit-il enfin. Je suis en service, il faut que je me mette en tenue au cas où un de mes supérieurs me verrait.

Pendant le repas, les soupçons d'Hamish se renforcèrent. Il savait que tôt ou tard, Freddie Ionedes réussirait à monter un sale coup depuis sa prison et il fallait reconnaître qu'il avait mis le paquet. Tasman était drôle et charmante et lui racontait des anecdotes cocasses sur ses défilés.

Hamish joua le jeu en se demandant ce qui l'attendait.

Et il avait beau sourire et bavarder comme si de rien n'était, il sentait la colère monter en lui. Il était impensable qu'une créature aussi sublime s'intéresse à Hamish Macbeth.

Il eut une idée. Fini de jouer, il était hors de question qu'il se laisse faire. Qu'avaient-ils prévu, cette fois ? L'emmener au large en bateau et le jeter par-dessus bord ? Le balancer dans une tourbière ?

Vers la fin du déjeuner, Hamish la remercia chaleureusement, puis ajouta :

– Vous n'avez pas eu le temps de voir le poste, tout à l'heure, vous n'avez qu'à m'accompagner, je vous ferai visiter.

– Volontiers, mais je ne suis pas très fan de votre café. On va le prendre ici et on ira après.

Tasman prit sa voiture et suivit Hamish au poste. Il lui ouvrit galamment la portière.

Le soleil étincelait sur le loch, des mouettes tournoyaient dans le ciel, une magnifique goélette gagnait le large toutes voiles dehors. Rien ni personne ne me gâchera la journée, jura-t-il.

Il la fit entrer dans le poste.

– La cuisine, vous connaissez. Il y a une cellule. Vous voulez la voir ?

– Je veux bien, oui. Vous emprisonnez beaucoup de gens ?

– Non, essentiellement des gars du coin qui ont

forcé sur la bouteille. Je les coffre et je les libère le lendemain quand ils ont cuvé. Voilà, elle est là.

Elle eut un rire charmant.

– Ça a l'air confortable.

– Il faut la voir de l'intérieur, répliqua-t-il en la poussant par-derrière.

Elle trébucha dans la cellule, et il claqua la porte puis la ferma à clé.

Elle cogna contre la porte.

– Laissez-moi sortir, espèce de cinglé !

Hamish fit la sourde oreille et décida d'aller consulter les fichiers de la police sur l'ordinateur avant d'appeler Strathbane.

Mais avant même qu'il n'atteigne le bureau, les sœurs Currie débarquèrent.

– Où est-elle ? demanda Nessie d'un ton pressant.

– Est-elle, répéta Jessie. C'est elle qui crie comme ça, comme ça ?

– Qu'est-ce que vous racontez ? s'impatienta Hamish.

– On ne l'a vue qu'à la télé et dans les magazines, répondit Jessie. On n'a jamais vu de top model en vrai.

Hamish devint cramoisi.

– Un top model ? répéta-t-il.

– Oui, le village est en ébullition.

Hamish les poussa presque dehors.

– Revenez plus tard, lança-t-il aux jumelles stupéfaites en leur claquant la porte au nez et en donnant un tour de clé.

Puis il alla ouvrir la cellule.

– Ça m'apprendra à perdre mon temps avec l'idiot du village, fulmina Tasman.

– Attendez, plaida Hamish, je voudrais vous raconter quelque chose.

– Quoi ? Une histoire de lutins, c'est ça, espèce de crétin dégénéré ?

– Venez vous asseoir dans la cuisine, lui dit Hamish d'un ton apaisant. Je ne suis pas fou, je vous dois des explications.

– C'est le moins qu'on puisse dire, mais soyez bref !

Ils s'assirent à la table de la cuisine et Hamish lui raconta les menaces qu'avait proférées Freddie Ionedes à son encontre et la façon dont Crystal avait essayé de l'attirer dans un piège mortel.

Quand il eut terminé son récit, elle le regarda, moitié en colère, moitié amusée.

– Si je comprends bien, vous m'avez prise pour une pute ?

La réponse était oui, mais Hamish jugea inutile d'envenimer les choses.

– Mettez-vous à ma place, dit-il. Une femme aussi sublime que vous surgit de nulle part et m'invite à déjeuner. C'était tellement bizarre. J'ai cru que c'était un piège, que vous deviez m'attirer dans un endroit où les amis de Freddy se chargeraient de me régler mon compte. Je suis vraiment désolé.

Elle le lorgna d'un œil soupçonneux.

– C'est vrai, tout ça ?

– Venez dans mon bureau, je vais vous montrer la déposition que j'ai faite après la tentative d'assassinat, je l'ai sur l'ordinateur.

Elle attendit dans le bureau qu'il l'ait retrouvée, puis il se leva pour lui laisser la place.

– Asseyez-vous. Lisez vous-même, tout est là.

Elle la lut attentivement, puis à son grand soulagement, lui sourit.

– Vous êtes pardonné.

– Pour me racheter, j'aimerais vous emmener aux chutes d'Anstey. Elles sont magnifiques.

– D'accord. Où est la salle de bains ? Je vais me refaire une beauté.

Quand ils sortirent ensemble du poste, ils furent assaillis non seulement par les habitants, mais par Matthew, le journaliste local, qui les mitraillèrent sous tous les angles.

– Arrêtez ! cria Hamish.

Mais Tasman lui posa la main sur le bras.

– Souriez, j'ai l'habitude.

– On peut prendre votre voiture ? demanda Hamish. Je n'ai pas vraiment le droit de faire monter de simples citoyens dans la Land Rover, sauf pour les arrêter.

Une fois qu'elle eut démarré, il lui demanda :

– Qu'est-ce que ça fait d'être aussi célèbre ?

– J'estime que c'est une partie du métier, dit-elle. J'ai l'habitude. J'en profite tant que je ne suis pas trop vieille.

Après avoir vu la cascade, ils allèrent s'asseoir sur un rocher plat, à l'écart du grondement de l'eau.

– Vous ne vous êtes jamais marié, je me trompe ? lui demanda-t-elle. Comment ça se fait ?

Hamish se surprit à lui raconter ce qui s'était passé avec Elspeth.

– J'ai l'impression que vous avez eu plein d'occasions de la demander en mariage bien avant, observa Tasman. Le mariage ne devrait pas être un but en soi.

– Et vous ?

– Je finirai peut-être par me marier si je rencontre le bon. Pour beaucoup d'hommes, je ne suis qu'un faire-valoir qu'ils aiment afficher à leur bras. J'enchaîne les premières et les grands restaurants. Ne vous en faites pas, Hamish, lui dit-elle en passant le bras autour de ses épaules. Il y a quelqu'un qui nous attend quelque part. Bon, il vaut mieux que je vous redépose au poste et que je retourne à l'hôtel pour faire mes bagages.

– Vous partez ! Mais pourquoi ?

– Parce qu'un journal quelconque va publier une de ces photos. Les chaînes de télé locales vont débarquer et après ce sera le tour de la presse et la télé nationales, qui vont me pourchasser en espérant me surprendre dans une situation embarrassante.

Plus tard ce jour-là, le responsable photo du *Daily Bugle* alla voir Elspeth.

– Ce n'est pas toi qui connais le flic des Highlands, Hamish Macbeth ?

– Oui, pourquoi ça ?

Il glissa une photo devant elle.

– Pas mal, hein ?

On y voyait Hamish Macbeth en uniforme assis sur un rocher en compagnie de Tasman. Elle lui enlaçait l'épaule et le regardait dans les yeux en souriant.

– En légende, on comptait mettre : « Dans les bras de la loi ».

– Joli, répondit Elspeth en feignant l'indifférence.

Après son départ, elle sombra dans la déprime, submergée par le souvenir du fiasco de son mariage. Luke n'était jamais revenu au journal. Pas plus qu'il ne lui avait écrit pour s'excuser. Et voilà qu'Hamish Macbeth fréquentait une des plus belles top models au monde. Personne ne voulait d'elle. Elle avait envie de pleurer.

Le lendemain, Hamish débarqua à la rédaction du journal local pour passer un savon à Matthew Campbell.

– C'est vous qui m'avez suivi et qui avez pris cette photo ?

– Oui. Allez, Hamish. Vous devriez être flatté. Pensez à tous les Britanniques qui rêveraient d'être à votre place.

– Elle a plié bagage à cause de ça. Je vous collerais bien mon poing dans la figure.

– J'aimerais autant que vous évitiez. Au fait, vous avez appris ce qui est arrivé à Elspeth ?

– Non, quoi ? Elle s'est mariée ?

– J'ai parlé à un journaliste du *Bugle*, qui m'a tout raconté.

Hamish l'écouta décrire l'humiliation qu'avait subie Elspeth.

– La pauvre, dit-il, en repensant à la bague scintillante qui dormait au fond de son coffre. Je l'appellerai peut-être.

Mais les jours passèrent et quand arriva l'été, il ne l'avait toujours pas appelée parce qu'il ne savait pas trop quoi lui dire.

À la fin du mois de juin, Hamish était de service aux Highland Games de Braikie. Il faisait beau, fait rarissime à Braikie où il pleuvait généralement des cordes.

Il se promenait en regardant les épreuves – le lancer de tronc, le lancer de marteau. Il s'offrit une glace et pensait aller assister à la course de furets qui commençait bientôt quand il éprouva un obscur sentiment de danger. Il regarda autour de lui. Fiona Fleming marchait au bras d'un homme d'affaires visiblement fortuné. Mrs Styles vendait des confitures et des gâteaux sur un stand de la paroisse.

Un fourgon de police était stationné pour prodiguer des conseils de sécurité aux visiteurs. Sur le marchepied, se trouvait Pat Constable. Dès qu'elle le vit, son visage s'égaya.

– Je commençais à m'ennuyer. Apparemment, ça n'intéresse personne, la sécurité.

– Vous voulez venir voir la course de furets avec moi ?

– Je suis coincée ici. Finalement, on ne l'a jamais fait, ce dîner. Ça vous dirait, ce soir ?

– Il y a un bon restaurant italien à Lochdubh. On se retrouve là-bas à huit heures. Ça ferme vers cinq heures, ici. Vous n'avez remarqué personne de louche ? J'ai comme un pressentiment.

– Vous êtes mieux placé que moi pour repérer des intrus. C'est votre secteur.

Hamish s'éloigna en essayant de chasser ce mauvais pressentiment. Il s'arrêta devant le stand d'une armurerie de Dingwall et reconnut le propriétaire, John Morrison.

– Vous cherchez une arme, Hamish ?

– Peut-être. Je pensais à une carabine à gros calibre, répondit Hamish en jetant un œil inquiet par-dessus son épaule.

– J'ai celle-là, dit John en posant une carabine devant lui. Un vrai bijou. C'est une Remington 700CDL, la toute dernière version, la plus belle aussi, de la bonne vieille R700. Elle a une crosse droite en noyer américain quadrillée avec finition satinée, busc droitier, extrémité de fût et calotte noires.

– Vous avez des balles ?
– Bien sûr.
– Chargez-la.
– Mais enfin, Hamish, je ne peux pas vous laisser repartir avec une carabine de ce calibre chargée.
– J'en ai pour une minute, plaida Hamish. Je l'apporte juste au fourgon là-bas. Je veux la montrer à ma collègue.
– Bon, ça ne doit pas poser de problème, vu que vous êtes dans la police, soupira John en la chargeant avec dextérité. Mais vous ne devriez pas vous balader comme ça avec une arme chargée. Vous faites juste l'aller-retour, OK ?
Hamish passa la carabine sur son épaule et à la consternation de John, s'élança en zigzaguant au milieu de la foule. Il courut à perdre haleine jusqu'en haut des collines, où se dressait un cercle de pierres levées puis il se posta derrière une pierre et regarda en contrebas.
Trois hommes arrivèrent en haletant à travers la bruyère, les armes étincelant au soleil.
La musique d'un manège de la fête lui parvint, portée par le vent.
Hamish épaula la carabine, visa et tira. Un des hommes poussa un hurlement, se saisit la jambe et s'écroula.
Des balles crépitèrent contre la pierre levée. Hamish fit feu de nouveau et toucha un autre homme au bras. Le troisième voulut s'enfuir. Hamish jaillit de sa cachette en criant :

– Ne bougez pas ou vous êtes mort !

L'homme s'arrêta et laissa tomber son arme. Hamish se précipita vers lui et lui passa les menottes, puis il prit son téléphone et appela les renforts. Il signifia ensuite son arrestation à l'homme qu'il venait de menotter, alla voir les deux autres et fit de même avec eux.

Peu après, trois policiers qui étaient de service avec Pat Constable gravirent la colline en courant pour rejoindre Hamish. Il leur expliqua brièvement qu'on avait essayé de le tuer.

Ils attendirent un long moment que les ambulanciers arrivent avec des brancards pour emmener les blessés. Puis celui qu'il avait menotté fut escorté jusqu'à la route et embarqué dans une voiture de police.

Le téléphone d'Hamish sonna. C'était Jimmy Anderson.

– Je viens d'entendre l'appel. Qu'est-ce qui se passe ?

– Trois hommes ont essayé de me tuer, expliqua Hamish. Des acolytes de Freddie Ionedes, sans doute. J'ai un dernier truc à faire ici et je file à Strathbane dès que je peux.

Hamish se dépêcha de retourner aux jeux en esquivant les questions pressantes de Pat Constable.

John Morrison se précipita à sa rencontre.

– Vous êtes dingue, ou quoi ?

– Écoutez, John, j'ai tous les permis de port d'arme possibles et imaginables. Je me sentais en danger, mais je ne peux quand même pas leur dire que j'ai eu une prémonition.

John cassa la carabine, renifla le canon et la déchargea.

– Vous avez tiré.

– Rendez-moi service et je vous l'achète, lui proposa Hamish en songeant tristement à ses économies qui fondaient à vue d'œil. Je viendrai la chercher à Dingwall d'ici peu.

– Ils vont m'engueuler quand ils apprendront que je vous ai laissé partir avec une carabine chargée.

– Je ne crois pas. Pas si vous leur expliquez ce que je vais vous dire... S'il vous plaît.

– Bon, bon, d'accord.

– Voilà, je veux que vous leur disiez que je regardais la carabine et vous veniez de montrer comment la charger, quand je me suis retourné et j'ai aperçu trois hommes dans la foule. Tout à coup, la veste d'un des types s'est ouverte et j'ai vu qu'il était armé. J'ai compris que c'était moi qu'ils cherchaient. Comme je voulais éviter une fusillade au milieu de la foule, je me suis enfui en courant.

– Vous allez où comme ça ?

– À Strathbane.

– Avant de partir, n'oubliez pas de régler l'acompte. Chèque ou carte de crédit, comme vous voulez. Ça fera cinq cent vingt-cinq livres.

Au commissariat central de Strathbane, Hamish apprit qu'il allait faire l'objet d'une enquête pour avoir tiré sur les deux hommes.

Il pesta intérieurement. Trois hommes avaient essayé de le tuer et c'était lui qui se retrouvait sur le banc des suspects. Après avoir été cuisiné par Daviot, il avait reçu l'ordre d'attendre sur place qu'on le questionne à nouveau.

Il alla s'installer à la cantine et rumina devant un café aussi infect que celui qu'il avait chez lui.

Il s'égaya en voyant arriver Pat Constable.

– Je viens d'apprendre que vous avez l'autorisation de rentrer à Lochdubh, lui dit-elle. Mais vous devez vous présenter demain matin.

– Je suppose qu'on annule le dîner.

– Au contraire. Il est à peine sept heures. J'ai fini mon service. Allons-y.

Hamish se détendit peu à peu au cours du repas. Pat était enjouée, facile à vivre.

De temps en temps, un villageois venait le voir à leur table pour avoir des détails de la fusillade, mais Pat les envoyait promener en leur lançant :

– Fichez-lui la paix. Il a subi un choc.

– Même pas, lui confia Hamish. Ça ne m'a rien fait. J'ai l'impression d'avoir rêvé.

– Vous aurez sans doute un petit contrecoup demain. Venez, on va aller se coucher dans votre charmant petit poste.

Hamish n'en crut pas ses oreilles.

– Vous voulez dire qu'il est temps que j'aille me coucher, dit-il avec précaution.

Elle sourit effrontément.

– Non, j'ai bien dit on. Je vous fais des avances, Hamish Macbeth. On est tous les deux célibataires et on a eu une dure journée. On peut bien s'amuser.

– Là, comme ça ?

– Et pourquoi pas ?

– Je n'ai pas... euh... et Patel est fermé.

– J'en ai. Bienvenue au vingt et unième siècle, Hamish. Les femmes prennent l'initiative.

De retour au poste, pendant que Pat était dans la salle de bains, Hamish alla dans le bureau. Il regarda pensivement le répondeur, puis le débrancha. Il ne s'agissait pas qu'un coup de fil de Priscilla ou d'Elspeth vienne tout gâcher. Est-ce que ce serait aussi simple que ça en avait l'air, ou lui demanderait-elle de s'engager d'une manière ou d'une autre ?

Et puis merde, se dit-il. Il était célibataire depuis assez longtemps comme ça.

Assis sur son lit de prison, Freddie Ionedes regarda son avocat, Simon Devize, surnommé à son insu Simon le Vicelard.

– Je veux la tête de Macbeth, lui dit-il. Préviens Brandon.

Brandon était son bras droit.

– Brandon te dira que ta petite vendetta a déjà expédié six des nôtres en taule, objecta Simon.

– Il fera ce qu'on lui dit de faire, grommela Freddie. Allez, vas-y.

Simon quitta la prison, monta dans sa voiture et démarra. Dans son rétroviseur, il vit une BMW noire qui le suivait. Une fois loin de la prison, il se gara et descendit de voiture. La BMW s'arrêta derrière lui.

Simon s'approcha. La vitre s'ouvrit côté passager et Brandon le regarda.

– Alors ?

– Il veut toujours la peau du flic des Highlands.

– Il est cinglé. Écoute, c'est moi qui commande, maintenant. La prochaine fois, dis-lui que c'est bon. Calme-le. Il mourra en prison. Il faut bien quelqu'un pour faire tourner la boutique. Mais entre nous, il est hors de question que je perde d'autres hommes. Compris ?

– Compris.

Hamish se réveilla lentement. Il sentit un corps chaud contre le sien, sourit dans un demi-sommeil, se retourna et enlaça son chat.

– C'est quoi, ce bordel !

Il se redressa sur le lit. Les animaux avaient été bannis de la chambre la veille.

Il y avait un mot sur l'autre oreiller. *J'y vais, je suis de service. À bientôt. Merci, c'était super. Bisous, Pat.*

Il n'en revenait pas. C'était donc aussi simple que ça ? Elle ne demandait pas s'ils pouvaient se revoir, n'avait pas attendu qu'il se réveille pour lui préparer le petit déjeuner.

Il s'étira en bâillant, regarda l'heure et poussa un cri horrifié. Déjà dix heures.

Il se doucha et se rasa en vitesse, enfila son uniforme et finissait à peine de se préparer quand la porte de la cuisine s'ouvrit et que Jimmy Anderson apparut.

– Ils râlent parce que je ne suis pas là ?

– Non, au contraire, ils sont ravis. Les trois lascars que vous avez arrêtés se sont mis à table, ils balancent tout. C'est quoi, ce mot sur la table ? *J'ai rapporté du café buvable. Bisous, Pat.* Tiens, tiens. Ne serait-ce pas Pat Constable ?

Énervé, Hamish rougit et lui arracha le mot.

– Non, Pat est une vieille dame du village un peu délurée qui me fait parfois des petits cadeaux.

– J'aurais dû savoir que vous n'auriez pas cette chance. Scotland Yard débarque de nouveau. Blair cherche le moyen de tirer la couverture à lui d'une manière ou d'une autre.

– Comment vont les deux types que j'ai blessés ?

– Ils vont s'en tirer. L'un a reçu une balle en plein dans le bras, l'autre, dans la hanche. Blair a dit à Daviot que vous aviez eu de la chance. Je leur ai fait remarquer que vous aviez remporté des concours de tir dans tous les Highlands.

– J'espère que c'est fini et que Freddie ne m'enverra pas d'autres sbires.

– Vu ce que les trois autres sont en train de

balancer, d'ici quelques semaines, Freddie risque de s'apercevoir que son empire en a pris un sacré coup. À mon avis, vous n'avez pas trop de souci à vous faire.

– Il vaut mieux que j'aille au commissariat.

– Rien ne presse. Ils veulent tous être dans la course et surtout, vous laisser en dehors de tout ça.

Hamish prit sa voiture et suivit Jimmy jusqu'à Strathbane. Il n'avait qu'une idée en tête : revoir Pat.

Mais il erra dans le bâtiment en attendant d'être de nouveau interrogé et ne la vit nulle part. En début de soirée, il était retourné à la cantine et s'apprêtait à demander l'autorisation de partir quand Pat apparut soudain. Elle l'embrassa sur la joue.

– Comment va, beau gosse ?

– Super. J'allais demander l'autorisation de partir. Apparemment, personne ne veut m'interroger. Autant que j'en profite, parce qu'une fois l'enquête lancée, je me coltinerai des heures d'interrogatoire. Tu as fini ton service ?

– À l'instant.

– Ça te dit de rentrer avec moi ?

– Je ne peux pas, Hamish. Je vais faire un tour à Inverness pour voir mon petit copain.

Hamish la dévisagea avec stupeur.

– Ton petit copain ? C'est du sérieux ?

– On va probablement se fiancer. On a déjà regardé des maisons.

– Pat Constable, tu n'es pas seulement immorale, tu es amorale.

Elle lui lança son sourire effronté.

– T'as vu ça, hein !

Elle lui donna un petit baiser sur la bouche et s'en alla d'un pas léger.

Épilogue

« C'est un péché que de dire
que l'amour est mortel,
Toutes les autres passions s'envolent
avec la vie,
Toutes ne sont que vanité. »

Robert Southey

Avec l'achèvement des procès, la fin des témoignages et le soleil qui souriait de nouveau sur les Highlands, Hamish se disait que les mauvais jours étaient derrière lui.

Un jour de repos, il se prélassait sur un transat dans son jardin, ses fidèles compagnons à ses pieds. Par moments, il songeait à Elspeth et à d'autres moments, à Priscilla, mais chaque fois, il s'empressait de chasser ces pensées au plus vite. Il se contenterait d'être célibataire. Il avait même refusé une invitation à dîner de la jolie Pat Constable.

Quand la tête de Mary Gannon apparut au-dessus de la haie de son jardin, il fut agacé à l'idée de devoir écourter sa journée de flemme.

Il se leva.

– Passez par la cuisine et pas de sermon, c'est mon jour de repos.

– Moi aussi, je suis de repos, lui annonça Mary d'un ton apaisant en entrant dans la cuisine. Je voulais juste voir comment vous alliez.

– Ça va. Et vous ?

– Pas trop mal. Je me plais à Inverness. Il n'y a pas trop de machos, là-bas.

– Du thé, du café ?

– Du thé, merci. Vous gardez le poêle allumé en permanence ? Il fait bon, aujourd'hui.

– Je n'ai pas encore pris mon bain et c'est un poêle bouilleur qui me sert à chauffer l'eau. Ça fait des sacrées économies sur les factures d'électricité. Vous avez vu ma nouvelle Land Rover. Je n'en suis pas peu fier.

– Elle est magnifique.

– Vous savez, reprit Hamish en sortant la théière d'un placard, je n'en reviens toujours pas de m'être fait piéger par Gloria. Quel idiot. Comment aurais-je pu me douter qu'elle mettrait du Rohypnol dans mon verre ?

– Je crois surtout que vous n'auriez jamais imaginé qu'il puisse vous arriver une chose pareille au fin fond de l'Écosse et alors que tout était bloqué par la neige. Qui aurait cru que Freddie se risquerait à pointer le museau ? On protège les nôtres, je t'en ficherais, oui. Crystal a dû le menacer de révéler l'autre meurtre s'il ne se débarrassait pas de vous. Ce qu'elle a fini par faire, d'ailleurs. Vous imaginez ! Mr Sorley, un député travailliste, un homme du peuple, qui fréquentait un bordel de luxe ! Sa femme était dévastée.

– Au moins, elle n'aura pas eu à déclarer à la presse qu'elle soutenait son mari, observa Hamish non sans cynisme. Elles font toutes ça.

– Elle n'est pas trop mal lotie. Elle s'est remariée. Et vous ? Toujours célibataire ?

– *Aye*, et ce n'est pas près de changer.

– Et votre journaliste, elle s'est mariée, finalement ?

– Je préfère ne pas en parler.

Hamish versa l'eau dans la théière et posa des mugs, du sucre et du lait sur la table.

– Je peux me renseigner, si vous voulez.

– Non, laissez.

– Voyez-vous, je me demande souvent où est passé le paquet que Mrs Gillespie a laissé à Mrs Samson. On ne saura jamais ce qu'il est devenu, j'imagine.

Dans une banlieue de Toronto, le jeune Robert MacGregor rangeait sa chambre. Le père de l'adolescent dégingandé l'avait menacé de le punir à coups de ceinture si elle était encore en désordre à son retour.

Robert entassa des vieux magazines et des posters écornés dans des sacs-poubelle. Il sortit de sous le lit un stock de revues porno qu'il devait à tout prix faire disparaître avant l'inspection du soir. Il en ouvrit une pour y jeter un dernier coup d'œil et un paquet tomba par terre. Il le ramassa. Il fallait qu'il s'en débarrasse. Il se rappelait que l'année précédente, on l'avait envoyé chercher le courrier dans la boîte aux lettres. Il n'y avait que ce paquet. En remontant l'allée, il avait trébuché et le paquet était tombé dans une flaque. Il avait tellement eu peur de se faire gronder qu'il l'avait mis sous son pull puis caché sous son lit après l'avoir glissé dans la revue.

L'adresse mentionnée au dos était celle de sa grand-tante en Écosse, Flora Samson. Il l'ouvrit pour voir s'il n'y avait pas d'argent dedans, mais il ne contenait que des lettres et des photos, accompagnées d'un mot en pattes de mouche. *Ma chère nièce*, disait-il, *j'aimerais que tu me gardes ceci de côté et que tu me le renvoies quand je te le demanderai. Affectueusement, ta tante Flora.*

Il le fourra dans un sac-poubelle. Il se souvenait que sa mère était allée à son enterrement. Sa grand-tante était morte, à présent, ça n'avait sans doute plus d'importance.

DU MÊME AUTEUR
AUX ÉDITIONS ALBIN MICHEL

Les enquêtes de Hamish Macbeth

1. QUI PREND LA MOUCHE
2. QUI VA À LA CHASSE
3. QUI S'Y FROTTE S'Y PIQUE
4. QUI A UNE TAILLE DE GUÊPE
5. QUI FRANCHIT LA LIGNE JAUNE
6. QUI SÈME LE VENT
7. RIRA BIEN QUI RIRA LE DERNIER
8. LES FLÈCHES DE CUPIDON
9. PETITS CRIMES ENTRE VOISINS
10. BOURREAU DES CŒURS
11. LA PAIX DES MÉNAGES
12. BRAS DE FER
13. DENT POUR DENT
14. SOUS LE FEU DES PROJECTEURS
15. EAUX TROUBLES
16. MÉNAGE DE PRINTEMPS
17. LA RANÇON DE LA GLOIRE
18. UNE RETRAITE EN OR
19. LETTRES FATALES
20. ÉCRIRE OU MOURIR